A Faint Cold Fear Thrills Through My Veins
William Shakespeare

Zu diesem Buch

G ist ein bezahlter Killer. Seine Aufträge erhält er per Telefon. Monsieur Louis ruft ihn an, nennt den Namen des Opfers, dessen Lebensumstände und den Termin, bis wann die Exekution erfolgt sein soll. G geht dann an die Arbeit und erledigt sie sauber und mitleidslos. Die Opfer interessieren ihn nicht. Nie fragt er sich, warum sie sterben müssen. Er betrachtet sich auch nicht als Mörder – er ist ein Spezialist für besondere Aufgaben. Bisher hat immer alles geklappt.

Doch dann gerät G zufällig in ein Attentat. Der Schock der Bombenexplosion löst bei G ein unkontrollierbares Zittern der Hände aus, das nicht mehr aufhört. Zum erstenmal überlegt G, was Monsieur Louis wohl mit ihm machen wird, wenn er seine Funktion als Killer nicht mehr erfüllen kann. Wahrscheinlich wird er ihn durch einen anderen liquidieren lassen. Und G wird klar, daß seine Chancen sehr schlecht stehen, denn er hat nicht die geringste Ahnung, wer Monsieur Louis eigentlich ist. Er kennt nur die Stimme am Telefon…

Pierre Boileau und **Thomas Narcejac** waren beide schon mit dem Grand Prix du Roman d'Aventures ausgezeichnet worden, ehe sie ihre schriftstellerische Zusammenarbeit begannen, in deren Verlauf zahlreiche Kriminalromane entstanden, von denen mehrere Preise erhielten und verfilmt wurden. In der Reihe rororo-thriller liegen weitere 14 Kriminalromane vor. Drei lange vergriffene Erfolgsromane wurden in Dreierbänden wiederaufgelegt. Im Januar 1989 starb Pierre Boileau in Nizza.

Boileau / Narcejac

Der letzte Auftrag

Deutsch von
Elke Bahr

rororo
Rowohlt

rororo thriller
Herausgegeben von Bernd Jost

Deutsche Erstausgabe
Veröffentlicht im Rowohlt Taschenbuch Verlag GmbH,
Reinbek bei Hamburg, Mai 1990
Die Originalausgabe erschien 1988 bei Éditions Denoël, Paris
unter dem Titel «Le Contrat»
Umschlagfoto Thomas Henning
Umschlagtypographie Peter Wippermann/Nina Rothfos

Satz Sabon (Linotronic 500)
Gesamtherstellung Clausen & Bosse, Leck
Printed in Germany
780-ISBN 3 499 42980 2

Die Hauptpersonen

G	ein bezahlter Killer
Monsieur Louis	G’s Auftraggeber
Präsident Langlois	das Opfer
Romulus	eine Seele von Hund
Patricia	eine eiskalte Frau

I

«Ich erwarte noch jemanden», erklärt G.

Der Kellner entschuldigt sich, und G zieht den Stuhl wieder an den Tisch. Bloß nie einen freien Platz neben sich lassen, damit sich niemand eingeladen fühlt, sich darauf niederzulassen. Im Kino immer ganz hinten sitzen, dicht am Gang, und die Platzanweiserin vorwarnen: «Ich erwarte noch jemanden!» Öffentliche Verkehrsmittel meiden, man findet immer ein Taxi. Oder am besten gleich zu Fuß gehen, dann hat man wenigstens die Umgebung unter Beobachtung. Mit einem kurzen Blick natürlich nur, G ist das gewöhnt. Nicht daß er vor irgend etwas Angst haben müßte, er hat nur das Bedürfnis nach freiem Raum um sich herum. Er will einfach stehenbleiben können, wann es ihm beliebt. Oder auch eine andere Richtung einschlagen. Übrigens stets mit festem Schritt, wie jemand, der sich nichts vorzuwerfen hat, nur ein wenig spazierengeht, von da nach dort schlendert.

Im Moment sitzt er auf der Terrasse des *L'Univers*, trinkt friedlich seinen Kaffee und verfolgt eher beiläufig das Treiben auf der Straße, das Ballett der Türsteher beim Öffnen und Schließen der Wagenschläge vor dem gegenüberliegenden Hotelpalast. Eben hält ein Bentley vor dem Eingang. Eine Traumfrau streckt ein Bein aus der Tür und entblößt einen Schenkel von höchst erregenden Formen. Aber nein, G ist nicht so leicht in Erregung zu versetzen. Den Bentley, die blonde Schönheit, die sich jetzt gerade Richtung Tür entfernt, einen kleinen Hund lässig unter den Arm geklemmt wie eine Handtasche – das alles könnte er sich mühelos kaufen, obwohl man es seinem mehr als bescheidenen Äußeren nicht ansieht. Es macht ihm Spaß, einfach nur ein G zu sein, eine schlichte Initiale, nicht einmal unbedingt ein Großbuchstabe, ein anonymer Passant, ein Augenpaar nur, das alles sieht und von niemandem gesehen wird. Die Straße ist gestopft voll von Autos mit überladenen Gepäckträgern. Körbe, Kinderfahrräder, Klappliegen, Surfbretter – der übliche bunte Umzug von Feriengästen im Monat August... In G's Kopf formen sich vage Urlaubspläne. Aber eigentlich sind es gar keine richtigen Pläne. Er döst nur ein bißchen vor sich hin und sieht ein paar schöne Bilder, angenehme Begleiterscheinungen einer gut funktionierenden Verdauung. Den Fluß, den liebeshungrigen Frosch auf den Seerosenblättern, einen schweren, tief im Wasser liegenden Lastkahn, auf dem eine Frau die Wäsche aufhängt...

Plötzlich ein jähes Aufflackern, ein trockenes, bebendes Puffen wie von einem Kanonenschlag dicht am Ohr. Dann, nach einer Sekunde Stille, das Bersten von Geschirr, das tobende, lärmende Durcheinander nach einem Attentat. Trotz seiner üblichen Kaltblütigkeit verliert G für einen Augenblick die Fassung. Sein Tisch ist umgestürzt, Kaffeekanne und Tasse sind weggefegt worden. G ist mit einemmal außer sich vor Zorn. «Nicht zu glauben... Na schön, eine Bombe, aber doch nicht hier... direkt neben mir!...» Am liebsten möchte er laut schreien «Ruhe hier!», aber er hat sich schnell wieder gefaßt. Wenn irgend möglich, muß er den Fragen der Polizei und der Journalisten entgehen, die sicher jeden Moment hier sein werden. G klopft sich den Staub aus den Kleidern. Unter seinen Füßen knirscht zerbrochenes Glas. Auf der Straße herrscht ein Lärm wie bei einer Massendemonstration. Man hört kaum die Sirenen der herannahenden Feuerwehr. G bahnt sich einen Weg durch die Menge der Neugierigen, die sich bereits auf dem Bürgersteig angesammelt hat. Er hält sich ein Taschentuch vor den Mund, als drohe er zu ersticken, und schlängelt sich durch die haltenden Fahrzeuge und die Gruppen der Schaulustigen. Er sucht nach einem freien Platz zwischen den Rücken der sich drängelnden und fast übereinanderweg kletternden Menschen. Immer wieder drängt man ihn rüde beiseite, denn er ist klein von Statur. Aber die Ankunft der Feuerwehr und eines Polizeiwagens bringt Bewegung in das Gedränge, und so gelingt es G, bis nach vorne durchzuschlüpfen. Vor dem Hotel hat sich eine Art Bannmeile gebildet, aus der leichter Rauch emporsteigt. Es riecht nach Feuer, nach Aufruhr und Bürgerkrieg. Die Eingangstür liegt in Trümmern, und im Innern der Hotelhalle sieht man irgendwelche Gestalten durcheinander laufen. Sie sind nicht genau zu erkennen. Der Mann mit dem blutverschmierten Gesicht ist vielleicht einer der Oberkellner, und der Verletzte, der gerade krampfhaft seinen aufgeplatzten Koffer umklammert, als wolle er nach einem Gepäckträger rufen, sieht aus wie ein Hotelgast. G beobachtet alles ganz genau. Er hat eigentlich Lust, sich eine Pfeife anzuzünden, aber das gehört sich wohl nicht. In solchen Situationen hat man sich der Menge anzupassen, sich an der allgemeinen Ergriffenheit zu berauschen und dem Strom des Wir-Gefühls, des Schulter-an-Schulter-Stehens mit anderen, ganz hinzugeben. Aber man hat immerhin das Recht, die zufällig Nächststehenden zu befragen.

«Haben Sie etwas gesehen?»

«Das will ich meinen. Er ist abgehauen, in Richtung Rond Point.»

«Wer denn?»

«Na, der Terrorist. Er war als Hoteldiener verkleidet.»

«Aber nein, ich bitte Sie... er trug eine Werkzeugtasche.»

Krankenpfleger eilen herbei und falten mit kräftigem Ruck Tragbahren auseinander.

«Dadrin wimmelt's nur so von Toten! Kein Wunder, jetzt zur Hauptessenszeit!»

Das Stimmengewirr wird lauter und heftiger.

«Kopf ab! Kein Mitleid!»

G hört zu... Zum erstenmal in seinem Leben ist er mitten in einem solchen Geschehen, erlebt es hautnah. Bislang kennt er das nur aus Zeitungsartikeln oder vom Fernsehen. Da werden Leiber im Laufschritt angeschleppt, Tragbahren in die Krankenwagen geschoben, und natürlich sieht man das mit Schaudern. Aber das dauert gewöhnlich nicht lange und bleibt an der Oberfläche. Hier mittendrin ist das anders, wenn man die verstörten Gesichter sieht, die Menge aufstöhnen hört bei jedem neuen Opfer, das man herausträgt. Manche hat man in der Eile nur flüchtig verhüllt, so daß ein Fuß unter der Decke hervorschaut. Solche Details sind es, die weh tun. G greift unwillkürlich nach seiner Pfeife und beginnt, daran zu kauen. Von rechts hört er jemanden sagen:

«Scheint, daß der Typ irgend 'n hohes Tier ist in seinem Land.»

«In welchem Land?»

«Ach, das muß irgendwo mitten in Afrika liegen. Er war in Begleitung seiner Sekretärin. Die hat's auch erwischt. Der Sprengsatz soll übrigens im Halsband von dem kleinen Hund gesteckt haben. Da kann man mal sehen, mit welchen Methoden diese Leute arbeiten!»

Obwohl er das sonst nie macht, malt sich G die Szene bildlich aus, wie der Attentäter mit dem Hund die Hotelhalle betritt, die entsicherte Bombe am Hals des wehrlosen Tieres. Dann befiehlt er ihm: «Lauf, such!» Der Hund ist ganz begeistert von dem Spiel und springt los, während sich sein Mörder aus dem Staub macht und die Bombe mitten unter den vielen Menschen hochgeht. Eine gelungene Inszenierung, wie G findet. Mit mindestens vier bis fünf Toten und einem Dutzend Verletzten. Ein regelrechtes Schlachtfest – und typisch für Terroristen. Blindwütige Zerstörung, und dafür auch noch einen Hund zu benutzen! Ekelerregend!

G ist ganz verstört. Er ist ein Meister seines Fachs, und eine verpatzte Arbeit ärgert ihn. Die Polizei ist inzwischen da und drängt die Schaulustigen zurück. Draußen vor der Hotelhalle palavern irgendwelche Amtspersonen im Blitzlichtgewitter der Fotografen, die sich über das Nachrichtenfutter hermachen, sich keine Kleinigkeit, keinen Überrest und keinen Tropfen Blut entgehen lassen.

G zieht sich zurück, taucht wieder in der Menge unter. Unglaublich, dieser Zufall! Er hätte ebensogut selbst gerade an dem Hotel vorbeigehen können, als dieses Individuum…

Er bleibt stehen, um seine Pfeife zu stopfen. Am besten würde er gleich Monsieur Louis anrufen und ihm mitteilen, der Zeitpunkt sei unter diesen Umständen nicht gerade günstig… Er hält den Pfeifenkopf an das brennende Feuerzeug. Nicht zu fassen, seine Hand zittert! Er braucht tatsächlich ein zweites Streichholz! Warum ist er nur so erregt? Es muß wohl der Schock sein, ja, ganz sicher! Dieser plötzliche Knall, bei dem ihm regelrecht die Zähne geklappert haben! Eine Sekunde lang hatte er geglaubt, man hätte auf ihn geschossen. Aber es war alles nur ein dummer Zufall gewesen, kein Grund, sich noch länger den Kopf zu zerbrechen!

Er geht die Champs-Élysées hinunter, vorbei an Passanten, die zum Schauplatz des Dramas eilen. Er kann sich nicht verzeihen, für einen Moment aus der Fassung geraten zu sein, und zwingt sich jetzt zu ruhigen, gemächlichen Schritten. Wenn andere in Panik geraten, dann ist das deren Sache – aber doch nicht er! Doch nicht er, gerade er! Monsieur Louis wird sehr ärgerlich sein, aber was soll's, schließlich hat es ja noch Zeit mit dieser Sache… Er überquert die Esplanade des Invalides und gelangt in ein ruhigeres Viertel, wo man noch nichts von dem Attentat bemerkt hat. Man hört zwar auch hier die Sirenen der Ambulanzwagen, aber sie klingen weit entfernt und nicht anders als an allen übrigen Tagen der Woche. G betritt ein Café, geht ins Souterrain zum Telefon und wählt eine Nummer.

«Monsieur Louis?»

«Falsch verbunden», antwortet die Stimme am anderen Ende der Leitung. Es ist das übliche Erkennungszeichen, auf das er jetzt sagen muß:

«Hier ist Georges.»

Stille. Dann sehr leise die dunkle Stimme von Monsieur Louis, der seinen Gesprächspartner gar nicht erst zu Wort kommen läßt:

«Ich weiß schon», flüstert er, «das Attentat gegen den Minister von Burundi… Na und? Das soll Ihnen doch egal sein… Sie haben noch vier Tage. Und rufen Sie mich bitte bis dahin nicht mehr an.»

Unnötig, noch weiter zu verhandeln. Er hat aufgelegt, und er wird sich nicht von seinem Plan abbringen lassen. Vier Tage, um ein so heikles Unternehmen genau abzuklären! Das kann wirklich nur Stümperei werden, aber andrerseits ist es auch ein Anlaß, jetzt sofort zu handeln, alle Bewegungen genau zu koordinieren und die Pfeife wieder nur mit *einem* Streichholz anzuzünden. Es ist keine Minute zu verlieren. Zuerst muß ein Wagen gemietet werden. G hat ein Abonnement bei Avis, insofern ist diese Angelegenheit schnell geregelt. Ein weißer Peugeot in tadellosem Zustand. Die Papiere sind auch in Ordnung. G hat sie auf Georges Vallade, Professor in Nantes, ausstellen lassen. Dank Monsieur Louis verfügt er über verschiedene Identitäten. Fast jeden Morgen sucht er sich eine neue aus, entscheidet sich zum Spaß für die eine oder andere «Persönlichkeit des Tages». Mal ist er ein Vertreter, mal ein Buchhändler oder ein Ingenieur im Ruhestand. Nur das Gesicht kann er leider nicht wechseln, deshalb muß immer dasselbe Foto herhalten. Kein sehr scharfes Foto, aus gutem Grund. Es zeigt ein schmales Gesicht mit Augen, die irgendwohin schauen. G sieht völlig beliebig aus. Keine besonderen Kennzeichen.

Er fährt mit seinem Peugeot Richtung Gare de Lyon und findet glücklicherweise dicht am Bahnhof eine Parklücke. Alles weitere ist jetzt Routine. Er mag das, es ist wie in einem Drehbuch, das man auswendig kann. Er würde vielleicht sogar etwas wie Gück empfinden – dieses kleine Glück eines erfüllten Alltags –, wenn es nicht diese Bombe gegeben hätte, die mitten in seinen Tag hineingeplatzt ist und dort ein großes Loch hinterlassen hat. Einen Schrecken, an den er gar nicht denken darf.

Der Bahnhof wimmelt von Menschen, die es eilig haben. G wendet sich zu den Schließfächern der Gepäckaufbewahrung, in der Hand bereits den Schlüssel, der ihm am Vortag mit der Post zugestellt wurde. Die sicherste Art von Beförderung, wie Monsieur Louis immer behauptet. G braucht nicht lange zu suchen, es ist immer eines des Fächer aus der unteren Reihe. Eine Marotte? Vorsicht? Aberglauben? Oder vielleicht eine Art, ihm Zutrauen zu machen? Nach dem Motto: «Sehen Sie, alles läuft wie am Schnürchen!»

G öffnet das schmale Stahlfach und findet die übliche Golftasche mit Aufklebern aus zahllosen Clubs. Er zieht die Tasche aus dem Fach, ganz selbstverständlich, ohne irgendwelche vorsichtigen Blicke. Schließlich ist er nur ein friedlicher Urlauber auf dem Weg ins Grüne. Fest nimmt er die Tasche beim Griff und merkt gleich am Gewicht, daß die Waffe, wie erwartet, darin steckt. Pfeifend verläßt er den Gepäckraum. Nur immer so tun, als würde man von allen beobachtet. Aber niemand kümmert sich um ihn, jeder läuft seinen eigenen Angelegenheiten nach.

Die Tasche wird im Kofferraum verstaut. Sehr vorsichtig, wegen des Zielfernrohrs. Monsieur Louis kümmert sich immer um das passende Gewehr, und er hat bis heute keinen Fehler gemacht. Sobald sich G für die Waffe entschieden hat, die dem jeweiligen Zweck am besten entspricht, obliegt Monsieur Louis der ganze Rest, die «Verwaltung», wie G das nennt. Er hat nie versucht zu verstehen, wie das im einzelnen vor sich geht. Woher das Gewehr kommt, wer es besorgt und wer es wieder beiseite schafft – das alles geht ihn nichts an. Von ihm wird nur erwartet, sein scharfes Auge herzuleihen und keine Fragen zu stellen. Er kommt, er zielt, feuert einen Schuß ab – nur sehr selten sind es zwei – und verschwindet wieder. Der Rest ist für die Journalisten, aber manchmal liest G nicht einmal nach, was die Presse schreibt. Er weiß nur, daß er geschickt wird, um einem Konflikt ein Ende zu setzen, und daß es nicht seine Aufgabe ist, zu den gegensätzlichen Interessen der Mächtigen Stellung zu beziehen. Er wird bezahlt, und zwar reichlich, und wenn er versagen würde, wenn er neugierig oder eigenmächtig wäre, würde eines Tages ein anderes Phantom auftauchen und mit einem Schuß die Ordnung wiederherstellen. Obwohl… G muß lächeln bei dem

Gedanken, daß es nicht allzu viele zuverlässige Schützen gibt. Tatsächlich kann man sie an einer Hand abzählen! Es sei denn, man ließe irgendwelche Verrückten auf die Beute los, Leute, die bereit sind, selbst dabei draufzugehen... oder man müßte beispielsweise einen Hund opfern, und das wäre wirklich beschämend und widerwärtig.

G arbeitet sich aus der Parklücke heraus und fährt los. Widerwärtig? Warum? Weil... Im Grunde deshalb, weil das Verbrechen durch die Meisterschaft eines kunstfertigen Schützen etwas Heldenhaftes bekommt, während die Bombe am Hals dieses Hundes einfach nur zum Kotzen ist. Eine Kugel direkt in den Kopf, eine einzige, das genügt, um das Opfer zum Mitstreiter zu machen, zu einer Art heimlichem Helfershelfer bei einem Taschenspielertrick, und man wartet geradezu darauf, daß der Tote gleich wieder aufsteht und sich vor dem Publikum verbeugt. Dieser blindwütige Überfall hingegen, der alles mit Blut bespritzt... nein, das ist wirklich unerträglich!

Er fährt langsam und umsichtig, wie üblich. Die Straßen von Montmartre, wo er ein kleines möbliertes Appartement in der Rue Fontaine bewohnt, sind fast leer. Es ist Ferienzeit, und man hat reichlich Platz. Er hält direkt vor seiner Haustür an und denkt noch ein wenig nach, bevor er aussteigt. Über den Terrorismus, der in seinen Augen wirklich die gewöhnlichste, fast möchte er sagen, die «ungezogenste» Form des Mordens ist. Seine Gedanken verwirren sich mehr und mehr, aber er hat das unbestimmte Gefühl, daß es einen wesentlichen Unterschied gibt zwischen dem Blutbad eines Attentats und dem fast unblutigen Einschußloch eines Projektils. Er begreift langsam, daß die elegante und saubere Exekution allmählich ersetzt wird durch eine plumpe Zerstörung, die sein Metier mehr und mehr in den Hintergrund drängen wird. An die Stelle des kunstvollen Tötens wird das rein mechanische Schlachten treten, es wird keinen Vertrag mehr geben, und schließlich wird man dafür sorgen, die treuen alten Diener ebenfalls zu liquidieren, weil sie überflüssig und gefährlich geworden sind. Der seltsame Zufall, der heute zwei Arten von Scharfrichtern zusammengeführt hat, ist nur ein Zeichen der Zeit: Die Begegnung der alten Technik mit der jungen Schule.

Mit einem Gefühl von Niedergeschlagenheit steigt G aus dem

Wagen, nimmt die Golftasche und bringt sie an einem sicheren Platz in der Wohnung unter. Vier Tage nur! Monsieur Louis scheint nicht mehr zu wissen, was er sagt, denkt G, während er sich auszieht. Ihm ist warm, und er nimmt eine Dusche, die ihn allerdings nur für kurze Zeit erfrischt. Alles hat sich verändert, auch Monsieur Louis. Er war immer schon ein wenig schroff gewesen, aber früher hatte er doch wenigstens gewußt, mit wem er es zu tun hatte. Und er hatte sich noch nicht auf solche lächerlichen Fristen versteift, die die Arbeit unnötig erschwerten. Man hatte sich die nötige Zeit nehmen können, um das Terrain und die Gewohnheiten des Verurteilten zu sondieren. Es war eine Frage der Berufsehre, daß das Opfer nicht einmal die Zeit haben sollte zu leiden, und dementsprechend wählte man sorgfältig die Waffe, wie ein Musiker, der verschiedene Instrumente probiert.

G reibt sich mit Eau de Cologne ab. Er mag es, wenn seine Haut so trocken ist, daß er das Hemd gar nicht mehr spürt. Wieder muß er an Monsieur Louis denken. Woher kam es wohl, daß er plötzlich so barsch geworden war und sich mit Angelegenheiten befaßte, die ihn nichts angingen? Daß er über jeden Fall eine Akte anlegte und einem schon fast die geeignete Methode vorschrieb, während er früher seine Meinung für sich behielt? Und was war aus dem Vertrag geworden? Es war noch gar nicht so lange her, da pflegte er die Hälfte der Summe in bar und in eigens für diesen Zweck zurechtgestutzten Kartons mit der Post zu schicken. Die andere Hälfte kam danach. Inzwischen, seit er seinen jeweiligen Bediensteten mit den verschiedensten Identitäten ausgestattet hatte, überwies er direkt auf das Konto von Georges Vallade, Frédéric Collin, Marcel Rivoire oder zwei, drei andere Namen. Hohe Beträge, zugegeben, aber sie ließen einen doch die eigene Abhängigkeit fühlen, und das war albern und demütigend.

Er stopft seine Pfeife und spaziert dabei durch die Wohnung, einer Art Junggesellenbude mit drei Räumen und kargem Mobiliar. Sein wirkliches Heim ist ein kleines Landhaus am Waldrand von Gâvre. In aller Verschwiegenheit hat er sich diese Zuflucht eingerichtet, wie ein Fuchs, der seine Höhle baut. Zwei Kilometer entfernt vom Fluß und einem winzigen Dorf namens La Touche-Thébaud. Es ist plattestes Land, und doch hat er allen Komfort. Er wird den Sommer dort verbringen, sobald der laufende Vertrag erfüllt ist. Ach ja, der Vertrag!

Er holt den Umschlag, der sämtliche Anweisungen enthält, aus der

Schreibtischschublade, läßt sich in seinem Sessel nieder und setzt vorsichtig – da er alles stets mit Vorsicht handhabt – den Brieföffner an, um den Inhalt der Sendung nicht zu zerreißen. Der Lageplan ist äußerst detailliert. Die Villa des Präsidenten Langlois liegt demnach auf halber Höhe des Berges, in dem neuen Viertel von Mont-Chalusset. Die weiteren Angaben betreffen die Grundstücksgröße, Anordnung und Bestimmungszweck der einzelnen Räume sowie die Entfernungen von der Terrasse zu der Gartenallee und dem schmalen Privatweg, der auf die Straße führt. Der Name der Villa ist «Les Troènes». Das ist unmöglich zu verwechseln. Der Präsident selbst ist vor zwei Tagen eingetroffen, um dort einen Monat lang zu verweilen. Er ist achtundsechzig Jahre alt, verwitwet und lebt allein wie ein alter Misanthrop. Jeden Morgen kommt eine Zugehfrau, um das Haus zu putzen und die Einkäufe zu erledigen. Der Präsident hat ein Darmleiden, und der Hausdiener des gegenüberliegenden Hotels versorgt ihn mit dem Wasser der örtlichen Heilquelle.

Monsieur Louis hat eine Villa mit Namen «Les Tulipes» angemietet. Warum er sich für diesen Beobachtungsposten entschieden hat, ist leicht zu verstehen, denn das Haus ist so gebaut, daß sich die Terrasse und der Garten des Präsidenten von dort leicht einsehen lassen. Der Schlüssel zu «Les Tulipes» liegt bei. G braucht sich also nur dort einzurichten, als sei ihm das Haus leihweise überlassen worden. Von dem eigentlichen Mieter, Félicien Boyard. Alles ist bestens geregelt. Es wird niemanden überraschen, wenn G nur vorübergehend dort wohnt. Kein Nachbar wird Verdacht schöpfen. Der Kühlschrank ist bestückt, und im Wohnzimmer steht auch ein Fernsehapparat zur Verfügung. Ansonsten muß er sich für Notfälle noch merken, daß er bei diesem Einsatz den Namen Marcel Rivoire trägt. Man empfiehlt ihm, den Präsidenten dann zu töten, wenn er sich gerade in seinem Garten ergeht. Die Bewohner der umliegenden Häuser verbringen den Tag bei den Heilquellen, so daß der Mieter von «Les Troènes» praktisch völlig isoliert lebt.

Monsieur Louis hat die Stirn, seine Anweisungen mit der Bemerkung zu schließen: *Eine einfache Arbeit. Bitte alle Dokumente mitnehmen und per Einschreiben zusenden.*

Daneben enthält der Umschlag noch einen Faltprospekt von Châtelguyon, in den mit roter Tinte Pfeile eingetragen sind, die den Weg zur Villa «Les Tulipes» weisen. G ist schon früher einmal durch diese Stadt gefahren. Das war zu Moniques Zeiten... Er erinnert sich noch an alles, aber jetzt hat er keine Zeit zum Träumen. Wenn er noch in der Nacht in Châtelguyon sein will, um sich ohne Aufsehen einquartieren zu können, hat er keine Minute mehr zu verlieren...

Wie ein Soldat, der auf Urlaub geht, hat er im Nu alles Nötige gepackt und ist reisefertig. Er rekapituliert noch einmal, ob er auch nichts vergessen hat: Wäsche zum Wechseln, Reiseapotheke, ein Etui mit Schminke – die er übrigens nie braucht –, ein Blouson, eine lange Hose mit vielen Taschen, Turnschuhe, zehn Meter Nylonschnur und für alle Fälle das kleine Einbrecherbesteck... Das war's so ungefähr... Dann natürlich noch die Golftasche und die Hauptsache: das Gewehr. Er nimmt es noch einmal aus der Tasche, setzt das Zielfernrohr und den Schalldämpfer auf, betätigt probehalber den Abzug, der ein helles Klick von sich gibt, setzt die Waffe an die Schulter und richtet sie rein mechanisch auf die gegenüberliegenden Häuser, an denen sämtliche Fensterläden geschlossen sind. Beim Einstellen des Zielfernrohrs scheint die Straße direkt auf seine Augen zuzukommen. Er sieht ein Moped vor der Bäckerei und versucht, es im Visier festzuhalten, dort, wo das kleine rote Kreuz den Zielpunkt markiert. Aber das Ziel läßt sich nicht richtig justieren, scheint sich zu bewegen, als wolle es aus dem Sucher verschwinden. G läßt das Gewehr sinken, reibt sich die Augen und versucht erneut zu zielen. Jetzt versteht er, was vorgefallen ist: seine Hand hat gezittert. Die linke, die das Gewehr hält und die so fest sein muß wie Stahl! Es ist nur der Hauch eines Zitterns, aber es genügt, um den Eindruck zu erwecken, als verflüchtige sich das Ziel, als pendle es sachte um das Fadenkreuz. Jetzt nur nicht verkrampfen, sondern erst einmal die Beinstellung verändern, dann das Gewehr langsam auf das Objekt richten, ohne jede Hast, als wolle man es einfach so spazierenlassen! Für eine Entfernung von fünfzehn bis zwanzig Meter, würde es wohl reichen mit der Zielsicherheit, aber möglicherweise wird er den Schuß aus fünfzig Meter abgeben müssen, und aus dieser Distanz führt schon die geringste Abweichung beim Feuern zu einem katastrophalen Fehlschuß! Unter diesen Umständen kann er ebensogut eine Bombe werfen...

Wieder hört er den Knall dieser Explosion. Seit Stunden steckt das in seinem Kopf wie eine Migräne. Obwohl er nach außen hin ruhig seine diversen Vorbereitungen trifft, pocht der Knall in seinen Ohren, und jetzt vibriert er sogar in seinem Arm, geistert durch sein Visier und entwaffnet ihn! Er ist sich fast sicher, daß es so weit kommen wird. Nie vorher, wirklich nie, haben ihn seine Hände im Stich gelassen! Er legt den Karabiner auf die Bettcouch, reibt seine Finger, zieht sie knochenkrachend auseinander, öffnet und ballt die Fäuste. Dann streicht er liebevoll über die Waffe, eine Mauser, die er immer bevorzugt hat, weil sie die Kugel auf zweihundert Meter Entfernung zuverlässig in ein Ziel plaziert, das kaum größer ist als ein Fingernagel. Er darf nicht versagen. Alles gut und schön mit dieser Bombe, aber pfeif drauf! Das spielte sich doch alles ganz woanders ab, in einer Art Nebenwelt... Er streckt seine Hände aus, ganz flach, als wolle er sie gleich zu einem Schwur heben. Er hält sie parallel, und sie bleiben völlig ruhig. Kein Zittern, nicht das geringste. Das sind die Hände, die er kennt, die Hände, für die er berühmt ist in den Kreisen des Monsieur Louis. Die Hände, die er jetzt mit dem Eifer eines Besessenen in lauwarmem Wasser wäscht und mit Eau de Cologne einreibt...

Und nun wieder die Waffe an die Schulter und die Handgelenke schön entspannen... Der Sucher gleitet über die Straße, hält an dem Moped und nimmt es aufs Korn. Da, die richtige Tausendstelsekunde! Jetzt den Abzug drücken! Aber nein, schon scheint sich das Gewehr selbständig zu machen und sich mehr für den kleinen Tachometer in der Ecke des Suchers zu interessieren, und kaum daß es auf den Ausgangspunkt zurückgeführt ist, fängt es schon wieder an nach rechts zu schwenken. Dabei braucht es nur einen Atemzug lang auf dem Ziel zu verweilen, das genügt schon. Aber unglücklicherweise denkt es gar nicht daran zu verweilen. Halt! Zurück auf den Punkt und Schluß damit! Die Hand wird für einen Moment schwach unter dem Gewicht der Waffe, das Moped verschwindet aus dem Blickfeld. Der Moment ist vorbei, es lohnt nicht mehr.

G's Schläfen sind ein wenig feucht geworden. Das Gewicht des Gewehrs ist eigentlich keine Entschuldigung, denn es wiegt nur 4,5 Kilo und ist damit leichter als andere Modelle. Deshalb hat er sich ja auch für diesen Typ entschieden. Er ist jetzt doch ein wenig beunruhigt. In wenigen Stunden muß er in Châtelguyon sein, aber was wird sein, wenn er seinen Posten bezogen hat und sich im entscheidenden Moment herausstellt, daß er nicht in der Lage ist zu zielen? Plötzlich stellt er sich vor, daß sein künftiges Opfer wie zu einem Rendezvous erscheint und ihm zuruft: «Na und, wird's bald? Worauf warten Sie?»

Schwer sinkt er in seinen Sessel, die Hände auf den Knien, und just in diesem Moment fängt seine Linke wieder an zu zittern. Mittel- und Ringfinger hüpfen regelrecht auf und ab. Er versucht das abzustellen, mobilisiert seinen ganzen Willen, aber die Hand will nicht gehorchen, scheint plötzlich eine Art frecher Unabhängigkeit gewonnen zu haben. Sie hebt und senkt sich, die Finger beben und trommeln, bis G sie, tief erschrocken, mit der anderen Hand umklammert, an seine Brust preßt und immer wieder fragt: «Was ist das? Was ist los mit uns?»

Kurzentschlossen greift er nach dem Telefonbuch und sucht die Nummer seines Arztes. Er muß aufpassen, der Arzt kennt ihn nur als Georges Vallade. Aber vielleicht ist der Anruf gar nicht nötig, das Zittern hat aufgehört... Nein, er will es wissen, jetzt sofort!

«Hallo, ist das die Praxis von Dr. Nguyen Ho? Könnte er vielleicht zu mir nach Hause kommen? Hier ist Georges Vallade, aus der Rue Fontaine, ich wohne über dem Musikladen...»

«Und worum geht es?» fragt der Arzt selbst.

«Ich weiß es nicht genau. Irgendein Krampf in meiner Hand.»

«In Ordnung, ich komme. Sie haben Glück, alle meine Patienten sind momentan in Urlaub.»

Lachend legt der Arzt auf. G geht es jetzt schon etwas besser. Es ist ihm egal, sich vielleicht lächerlich zu machen, er muß sich Gewißheit verschaffen, damit er sich wieder beruhigt.

2

Es ist alles seine Schuld. Wenn er doch bloß sein Training nicht so lange vernachlässigt hätte! Aber so ist das nun mal, man hält sich immer für den Supermann und eines Tages... Er muß plötzlich lächeln bei dem Vergleich. Er mit seinen zweiundfünfzig Kilo, mit seiner Figur eines Jockeys – und ein Supermann? Warum eigentlich nicht, er hat Augen wie ein Raubvogel, Augen, die alles sehen, jede Kleinigkeit erspähen und wie ein Computer im Gedächtnis speichern. Augen, aus denen durch die Vergrößerung des Zielfernrohrs Blitze schießen, die unweigerlich ihr Ziel erreichen. Augen, die die Illusion vermitteln, unbesiegbar zu sein. Man vergißt nur zu leicht, daß sich Auge, Arm und Hand immer mehr abnutzen, von Jahr zu Jahr, von Monat zu Monat, daß man diese zerbrechlichen Instrumente immer beobachten, erproben und gewissermaßen warten muß. Nicht nur durch tägliche körperliche Übungen, sondern auch mit Hilfe einer strengen Diät und eines geregelten Lebenswandels. Wenn man ein Monster an Präzision bleiben will, wenn man darauf Wert legt, weiterhin als der Meister des blitzschnellen Todes zu gelten – dann muß man arbeiten, üben, jeden einzelnen Muskel so abrichten, daß er auf Befehl erstarrt, unbeweglich wie ein Stück Stein. G hat schon oft die Scharfschützen der Polizei um ihren speziellen Schießstand beneidet, an dessen Rückwand Pappfiguren vorbeiziehen, auf die man nach Belieben mit Gewehren und Revolvern, mit ganzen Salven oder Schuß für Schuß feuern kann. Diese Schützen beherrschen die ganze Skala der Möglichkeiten, und trotzdem würde nicht einmal der Beste unter ihnen je herankommen an die Schnelligkeit, an die Eingebung, an die begnadeten Fähigkeiten, die ihm durch eine Laune der Natur sein Trunkenbold von Vater vererbt hat. Er sieht wieder die Plakate in Rot und Schwarz, mit der Aufschrift «Die Buffalos» und dem Vater im Trapperkostüm, wie er gerade einen riesigen Elefanten erlegt... Aber das war einmal, das liegt alles weit zurück in den Zeiten, als die Familie noch über einen prächtigen Wagen verfügte, hinter dem Zirkuszelt, neben dem Tag und Nacht surrenden Generator. Später wurden die Plakate immer weniger auffallend, und schließlich verschwanden sie ganz, als «Tom, der Gaucho» den Platz der «Buffalos» einnahm. Und dann mußte auch Tom mit seinen Wurfmessern und seiner Winchester einem anderen weichen...

Aber was nützte es, diese alten, abgelegten Erinnerungen wieder hervorzukramen? Wo steckte eigentlich dieser Arzt? Es war höchste Zeit, daß er auftauchte. Dabei war das Heilmittel so einfach! Er mußte nur das Training so bald wie möglich wiederaufnehmen. Draußen im Wald von Gâvre, wo weit und breit kein Mensch war, nur gelegentlich ein paar Holzfäller vorbeikamen. Wo man nicht einmal die Eichhörnchen störte, weil der Schalldämpfer den Knall der Schüsse sofort erstickte. Und für das Training mit dem Revolver gab es den riesigen und fast schalldichten Keller des *Cosmos*, einem pleitegegangenen Nachtlokal. Die ganzen Ferien standen ihm für sein Training zur Verfügung, denn die Verträge wurden in letzter Zeit ohnehin immer rarer, und so würde sich dieses schwache Zittern schließlich ganz beheben lassen. Aber er hat es doch eilig, sich über dessen Ursprung Gewißheit zu verschaffen und stürzt zur Tür, um den Arzt, einen sportlichen jungen Mann im Tennisdress, einzulassen.

«Entschuldigen Sie meinen Aufzug», sagt der Doktor, «aber ich habe im Moment etwas mehr Freizeit und nutze sie, um zwischendurch den einen oder anderen Satz zu spielen.»

G führt ihn in das ordentlich aufgeräumte Wohnzimmer.

«Nun?» fragt der Doktor. «Wo haben wir denn unser Wehwehchen?»

«Es ist meine Hand. Sie zittert.»

«Zeigen Sie mal her!»

Glücklicherweise ist die Hand auch gerade bereit, sich höchst ungezügelt aufzuführen. Der Arzt tastet sie ab, zieht an den Fingern, ballt sie zur Faust und untersucht, wie sie sich langsam wieder öffnet.

«Strecken Sie den Arm aus, und versuchen Sie, sich nicht zu bewegen. Ah, ich sehe schon. Sie trinken nicht zufällig?»

«Nein.»

«Keine Drogen?»

«Absolut keine.»

«Was machen Sie beruflich?»

«Ich bin Handelsvertreter.»

«Also fahren Sie viel?»

«Immer noch reichlich.»

«Wie alt sind Sie?»

«Demnächst sechsundvierzig.»

«Verheiratet?»

«Nein.»

«Feste Freundin?»

«Nein.»

«Sind Sie vielleicht etwas depressiv in letzter Zeit? Eine Depression, das muß nichts besagen, verstehen Sie? Ich wollte nur wissen – stehen Sie vielleicht unter Beruhigungsmitteln?»

«Nein.»

«Hätten Sie vielleicht ein Stück Bindfaden?»

«Selbstverständlich», antwortet G, verschwindet in der Küche und kommt mit einem Fadenknäuel zurück.

«Schneiden Sie mir doch bitte ungefähr fünfzig Zentimeter ab. Ja, so, das wird reichen! Jetzt schneiden Sie den Faden bitte in der Mitte durch und legen die beiden Teile nebeneinander auf den Tisch! Und nun binden Sie die beiden Hälften mit einem Knoten zusammen. Perfekt! Sie sind also Linkshänder! Ihre linke Hand hat zuerst reagiert, und Daumen und Zeigefinger haben es nicht auf Anhieb geschafft, den Faden zu packen. Der Zeigefinger greift zu, faßt daneben und wird nervös. Das führt dazu, daß er zittert und die anderen Finger damit ansteckt... Sie brauchen jetzt nicht weiterzumachen, denn Ihre rechte Hand wird sich jetzt unweigerlich verkrampfen. Sie werden mehrere Versuche machen müssen, um die beiden Fäden zu verknoten, und jeder Versuch wird Sie nur noch ärgerlicher machen.»

Nach einem Augenblick des Schweigens wagt G schließlich die entscheidende Frage.

«Mit anderen Worten: Ich habe einen Parkinson?»

«Aber nein, keineswegs! Ich will Ihnen hier keine Vorlesung halten, aber es ist allgemein bekannt, daß der Tremor eines Parkinson-Patienten nur im Ruhezustand und nach einer schweren Anstrengung auftritt, während es sich in Ihrem Fall um ein Zittern *vor* einer solchen Anstrengung handelt, also gerade dann, wenn Ihre Hand auf einen bestimmten Gegenstand zielen soll. Also, bitte, keine Panik! Das läßt sich ganz einfach behandeln... Haben Sie dieses Zittern schon länger?»

«Nein.»

«Seit wann?»

«Seit ein paar Tagen.»

«Nun, dann kommen wir ja gerade recht! Sie sind wirklich ein Patient wie aus dem Bilderbuch! Wie ist es zu diesem Übel gekommen? Haben Sie sich über irgend etwas sehr erregt, oder sind Sie sehr erschöpft? Lassen Sie uns einmal sehen, was Ihr Blutdruck macht.»

Er packt seine Instrumente aus und macht sich an G's Arm zu schaffen.

«Hundertzehn zu siebzig – das ist nicht gerade toll. Als erstes müssen wir Sie mal ein bißchen aufmöbeln... Ich habe übrigens einen Koffer gesehen, als ich hereinkam. Bedeutet das, daß Sie verreisen wollen?»

«Ja.»

«Bald?»

G wagt nicht mit «gleich» zu antworten und sagt statt dessen:

«Morgen.»

«Werden Sie weitweg fahren?»

«Nach Vichy.»

«Sechshundert Kilometer in einem einzigen Stau! Das wird Ihnen nicht gerade guttun! Sie sollten unbedingt zu einem Neurologen gehen, wenn Sie angekommen sind, und dann sollten Sie sich einen Monat Pause gönnen. Aber machen Sie sich vor allem keine Gedanken! Wenn Sie einen Beruf hätten, in dem es auf Präzision ankommt, das wäre etwas anderes, aber so... Was verkaufen Sie überhaupt?»

G ist glücklicherweise sehr geistesgegenwärtig und antwortet prompt:

«Artikel für den Gartenbau.»

«Na, bestens.»

Der Arzt schaut auf seine Uhr, zieht einen Rezeptblock und einen Kugelschreiber aus seinem Aktenkoffer und setzt sich lässig an den Tisch.

«Dreimal täglich eine Trivastal... aber konsultieren Sie auf jeden Fall noch einen Neurologen. Name? Vornamen?»

G hat eine plötzliche Erinnerungslücke und zögert. Der Arzt beobachtet ihn und meint wohlwollend:

«Sie scheinen wirklich sehr erschöpft zu sein.»

«Georges Vallade!» sagt G, etwas zu laut. «Und vielen Dank, daß Sie so schnell gekommen sind!»

Er begleitet den Arzt bis zum Treppenabsatz, kommt zurück und setzt sich wieder in den Sessel. Ein Neurologe? Warum? Mit einem Ausdruck von Abscheu betrachtet er die Hand, die ihrem Meister nicht mehr zu gehorchen scheint. Sei's drum, dafür ist jetzt keine Zeit mehr. Er muß sich auf den Weg machen. Der Präsident Langlois erwartet ihn.

Fünf Uhr nachmittags. G ist noch unschlüssig. Soll er fahren oder nicht? Wenn ja, wird er Langlois vermutlich verfehlen. Wenn nicht, wird er den Zorn von Monsieur Louis auf sich ziehen ... Mehrmals hintereinander öffnet und schließt er seine Hand. Was soll's! Sie funktioniert doch! Jedenfalls gut genug, um für ein paar Sekunden ein Gewehr zu halten. Unmöglich, jetzt noch einen Rückzieher zu machen!

Um ganz sicher zu gehen, daß er für alle Eventualitäten gerüstet ist, steckt G noch seine Smith & Wesson ein, Kaliber .38, ein Modell mit Namen «Double-action Terrier», das auf kurze Entfernungen effektiver ist als ein Karabiner. Nach reiflicher Überlegung fügt er auch noch das Fernglas hinzu, mit dem er gewöhnlich zum Pferderennen geht. Dann breitet er die Straßenkarte auf seinem Bett aus. Es gibt eine direkte Strecke über Moulins und Riom nach Clermont-Ferrand. Um so besser, er wird also frühmorgens in Châtel sein und mit großer Wahrscheinlichkeit in der Nähe von Nevers eine durchgehend geöffnete Raststätte finden, wo er ein Sandwich und eine Tasse Kaffee bekommt. Das Wetter ist gut, und in Sachen Parkinson ist er schließlich auch noch mal davongekommen. Das gibt ihm wieder etwas Selbstvertrauen. Noch ein Blick auf seine Ausstattung: das Fernrohr im ledernen Futteral, das Gewehr in seinem Fach unter den Club-Aufklebern, unten in der Tasche die Patronenschachteln, mit Klebeband befestigt, um zu verhindern, daß sie durcheinanderpurzeln – er ist bereit.

Er schließt Fenster und Türen und stellt den Stromzähler ab. Der Wagen wartet vor dem Haus, die Verkehrslage ist sehr ruhig. Nur zwei oder drei Touristenbusse auf dem Weg nach Pigalle. G stellt seinen Koffer und die Golftasche auf den Beifahrersitz und schnallt sie mit dem Sicherheitsgurt fest. Dann gönnt er sich noch einen kurzen Moment der Besinnung. Die Bombe geistert immer noch durch seinen Kopf, aber der Knall ist weiter weg, nur noch eine Art Echo. Und die bevorstehende Fahrt auf den sommerlichen Straßen ist im Grunde doch recht angenehm, was immer der Arzt darüber denken mag ...

Er läßt den Wagen langsam anrollen, sucht im Autoradio den Nachrichtensender und widmet sich den Informationen. Die beste Methode, um auf kürzestem Wege zu erfahren, wie weit man mit der Untersuchung des Attentats gekommen ist. Tatsächlich dauert es nicht lange, bis er hört, daß es sich bei dem Opfer um einen hohen Beamten der UNO gehandelt hat. Außer ihm noch zwei Tote, seine Sekretärin und eine Putzfrau. Der Terrorist soll ein Hündchen auf dem Arm getragen und sich damit ein harmloses Aussehen gegeben haben, laut Aussage des Hausdieners, den ein Splitter ins Bein getroffen hat. Dieser Mann hat verfolgt, wie sich alles abgespielt hat. Der Terrorist soll das Hündchen auf den Boden gesetzt, mit dem Finger auf einen Gast gewiesen und gerufen haben: Lauf! Such! Schnell! Später soll sich herausgestellt haben, daß es sich um den Hund seiner Sekretärin gehandelt hat, der sich natürlich sofort auf sein Frauchen stürzte, die wiederum gerade auf ihren Chef zuging. Soweit die bisherigen Erkenntnisse zu dem Drama. Der Terrorist soll in der Menge untergetaucht sein, ohne daß jemand präzise Angaben zur Person hatte machen können. Der Hausdiener hatte einen Schock erlitten und keine sachdienliche Beschreibung geliefert.

Vorsicht! Ein Polizeiwagen will ihn überholen. G läßt ihn vorbei. Er kann sich denken, daß es an den Ausfahrten von Paris nur so wimmelt von Polizisten, aber bei diesem dichten Verkehr werden sie kaum jeden Wagen anhalten können. Er fühlt nach seiner Brieftasche. Alles in Ordnung. Georges Vallade etc. Seltsamerweise ist er wieder ganz ruhig, ganz der Alte, und seine Hände liegen friedlich auf dem Lenkrad.

Die Wurzel des Übels steckt im Kopf, dort sitzt das Zittern. G möchte ganz gerne eine Trivastal nehmen, aber er ist sich plötzlich ganz sicher, gewissermaßen auf Marschbefehl zu sein, wie eine Maschine, deren Räderwerk ungestört laufen wird, solange sich der Bedienungsmann nicht ablenken läßt. Er schaltet das Radio aus und stopft sich die Pfeife mit der linken Hand, um sich selbst zu beweisen, daß er keinen Arzt mehr braucht. Am schwersten wird es sein, den Zeigefinger zu krümmen, um den Tabak in den Pfeifenkopf zu praktizieren und dann den Zigarettenanzünder aus dem Armaturenbrett zu ziehen und richtig an den Tabak zu halten. Aber seine Finger gehorchen ihm wie selten zuvor. Eigentlich kein Wunder, schließlich hat er früher einmal mit dem Gedanken gespielt, Illusionist zu werden. «Er hat die Hände eines Zauberers», hatte Ricardo immer gesagt...

G nimmt einen kräftigen Zug und genießt den würzigen Tabakgeschmack. Ein bißchen von der Vergangenheit zu träumen, das tut gut beim Autofahren, auch wenn es gerade nur einspurig vorwärtsgeht und man festhängt zwischen einem Wohnwagen und einem Viehtransporter. Der gute Ricardo! Er war Jongleur gewesen, im Zirkus «Universum», und genauso berühmt wie die «Buffalos». G erinnert sich noch heute mit großer Bewunderung, daß Ricardo wirklich mit allem jonglieren konnte, mit Flaschen, Hüten, mit dem Riesenschuh des dummen August oder dem Bandoneon des Pierrot. «Überlaßt mir euren Sohn!» pflegte er immer wieder zu den «Buffalos» zu sagen, aber G's Eltern wollten nicht, daß er Jongleur werden sollte. Vor allem sein Vater, den die Programme als den besten Schützen des Wilden Westens bezeichneten, war gar nicht damit einverstanden. «Er hat das sichere Auge», sagte er, wenn er von seinem Sohn sprach. «Das ist wahr», antwortete dann Ricardo, «aber er hat auch die sichere Hand!»

Und jetzt ist G auf dem Weg nach Montargis, mit seinen Waffen und seiner geheimen Mission. So geht es im Leben, denkt er, da hat man mich also wieder mit einem neuen Vertrag betraut. Wenn ich mal zusammenzähle, müßte ich insgesamt auf ein gutes Dutzend kommen. Zwölf Verträge! Er wiederholt das mehrere Male, er liebt das Wort «Vertrag», es hat so etwas Seriöses, Kaufmännisches, auf jeden Fall etwas Ehrbares. Für die kleineren, die alltäglichen Geschäfte hat Monsieur Louis seine Laufburschen, arme Trottel, die man nach Gebrauch vergißt. Etwas anderes ist es mit den Spezialisten, mit denen, die die Elite der Zunft darstellen, ohne daß sie sich untereinander kennen – man ahnt nur an Hand ihrer Methode, um wen es sich handelt und sagt sich: Ah, das muß der Bretone gewesen sein, und das der kleine Quinquin... Keiner von denen läßt sich zu irgendwelchen Gewöhnlichkeiten herab, und nur die ganz alten Hasen unter ihnen dürfen sich rühmen, mehr als zwölfmal – und zwar immer für ein Vermögen! – engagiert worden zu sein. Deshalb hat es auch keinen Sinn, sich mit Monsieur Louis auf Diskussionen einzulassen. Er hat den Zeitpunkt bestimmt, und dem hat man sich zu fügen, ob die Hand nun zittert oder nicht. Und wenn es wirklich nicht anders gehen sollte, dann wird man eben ausnahmsweise und zum erstenmal zwei oder gar drei Schüsse abgeben müssen...

Durch das halbgeöffnete Seitenfenster dringt die Abendluft. G atmet tief den Geruch nach frischem Grün, während er auf die Fahrbahn achtet und sich von Zeit zu Zeit den Nacken reibt, obwohl er durchaus noch nicht müde ist. Die Pfeife ist erloschen, und er hat sie für eine Weile im Handschuhfach abgelegt. Automatisch schaltet er wieder das Radio an, um Nachrichten zu hören. Nichts Neues, soweit er das beurteilen kann. Der Terrorist ist immer noch auf freiem Fuß, und der Premierminister hat irgendeine feierliche Erklärung abgegeben. Die Polizei tappt nach wie vor im dunkeln, und ein Sprecher der Opposition zählt auf, wie viele Attentate bisher ungesühnt sind. Demnächst wird er den Tod des Präsidenten Langlois in seine Liste aufnehmen müssen, denkt G, denn er fühlt sich völlig sicher, dank der von Monsieur Louis getroffenen Vorsichtsmaßnahmen. Wer das ist, dieser Präsident Langlois – solche Fragen faszinieren ihn nicht besonders. Für ihn ist das vergleichbar mit einem Kreuzworträtsel, wenn er einen Begriff mit vier, fünf oder sechs Buchstaben suchen soll – kein Interesse. Und die Tatsache, daß man ihn als Präsidenten bezeichnete, diesen alten Knaben, bedeutete vermutlich nur, daß er in irgendeinem Unternehmen ein hohes Tier war. Wenn er auch nur im geringsten wichtig wäre, hätte die Polizei bestimmt ein Auge auf ihn – und das wäre Monsieur Louis keinesfalls entgangen.

G sucht einen anderen Sender, er möchte Musik hören. Nichts von der klassischen Sorte, die immer irgendwie nach Menuett klingt, aber auch nicht dieses neumodische Gedröhne, das einen geradezu taub macht. Ihm wäre nach ein paar alten Chansons. Er hat nichts dagegen, wenn sie von Liebe singen und ihn an manches erinnern. Wieviel Frauen hat er eigentlich gehabt?...

Vor ihm plötzlich nur noch Bremslichter. Da war sie also, die Straßensperre! Und das ausgerechnet jetzt, wo der Abenddunst aufzieht und man gar nicht weiß, ob man nun die Scheinwerfer oder die Nebelleuchten anschalten soll. Man fühlt sich von vornherein irgendwie schuldig, und jeder Polizist hat etwas Bedrohliches, wenn er seine Lampe in den Wagen hält. G zeigt der Taschenlampe sein ehrlichstes Gesicht.

«In Ordnung! Fahren Sie weiter!»

Kaum aufgetaucht, ist die Gefahr auch schon wieder vorüber, aber die Angst sitzt G noch in den Knochen, und er sieht, wie seine Hand plötzlich wieder zittert. Das ist die Aufregung, seine Nerven spielen verrückt. Nicht zu fassen! So etwas Dummes! Das nimmt er sich übel. Er beschimpft sich selbst. Schließlich steuert er einen

Rastplatz an, stellt die Zündung ab und atmet tief durch, wie ein Läufer, der nach einer großen Anstrengung verschnauft. Er denkt nach und kommt zu dem Ergebnis, daß alles damit angefangen hat, daß er nach dem Attentat zwei Streichhölzer brauchte, um seine Pfeife anzuzünden. Demnach war dieser Krampf nervlich bedingt und stand in unmittelbarem Zusammenhang mit der Bombenexplosion. War es möglich, daß diese Bombe nicht nur drei Personen getötet, sondern gleichzeitig auch ihn nachhaltig verletzt hatte? Monsieur Louis würde ihm diese Schwäche nie verzeihen. Für ihn gab es keine Entschuldigungen, kein Unwohlsein, keine Migränen oder Schwindelgefühle. Es gab nur die Waffe selbst, und ein Gewehr hat keine Seele, keine Nöte, keine Zustände...

G wischt sich den Schweiß vom Gesicht. Er muß sich behandeln lassen, das ist sicher, aber erst nach dieser Sache, und ohne daß irgend jemand davon erfährt. Es ist nicht mehr weit nach Nevers, und der Verkehr ist weniger dicht geworden. Er studiert noch einmal die Karte. Moulins, Saint-Pourcain... Es kommt ihm doch noch sehr weit vor bis nach Châtelguyon.

Liegt es vielleicht daran, daß er schon zu alt ist? Diese leichte Störung seiner Reflexe ist vielleicht das erste Anzeichen. Er stopft seine Pfeife. Immer mit der Ruhe, er hat noch genug Zeit. Hauptsache, er schafft es bis zum Tagesanbruch, wenn die Kurgäste noch alle schlafen. Stellt sich nur noch eine Frage, mit der er sich allerdings höchst ungern beschäftigt. Aber am besten nimmt er sie jetzt gleich in Angriff, während er sich ein bißchen die Beine vertreten kann...

Monsieur Louis wird zweifellos für eine ganze Weile darauf verzichten, ihn zu engagieren, aber würde er sich auch damit zufriedengeben, überhaupt nichts mehr von sich hören zu lassen? Allein die Vorstellung, daß das Telefon nicht mehr läuten und die Tage sich öde dahinschleppen würden in der trostlosen Langeweile des Ruheständlers... Nein, höchst unwahrscheinlich! Dazu war Monsieur Louis viel zu vorsichtig. Er konnte nicht zulassen, daß ein tatkräftiger Mann die Muße hatte, irgendwelche Rachepläne zu schmieden und gewisse Vorkehrungen zu treffen, beispielsweise in Form einer Akte mit bestimmten Enthüllungen. Und es fand sich immer ein hilfsbereiter Notar, der bereit war, dem Staatsanwalt eine Anzeige zuzuspielen... Monsieur Louis gehörte nicht zu der Sorte von Leuten, die anderen vertrauten. Wenn man seine Anweisungen nicht termingerecht ausführte oder auch nur das kleinste Ungeschick passierte – dann genügte das schon, um seinen Verdacht zu erregen. «Schade um den Kerl», würde Monsieur Louis sagen, «er war so begabt.» Und dann würde er ohne Umschweife die tödliche Maschinerie in Gang setzen, bis der ahnungslose Störenfried in die Falle gegangen war. G erinnert sich noch gut an die mysteriösen Umstände, unter denen beispielsweise ein gewisser Stéphanois verschwunden war. Ein Mann, der einen bestimmten tödlichen Griff gekannt hatte. Wenn die Zeitungen darüber berichteten, daß irgend jemand mit einem Genickbruch getötet worden war, wußte jeder sofort, daß Stéphanois seine Hand im Spiel gehabt hatte. Dann war plötzlich von dieser Todesart nicht mehr die Rede, ohne daß jemand nach den Gründen gefragt hätte.

Unablässig rauscht der Verkehr vorbei. Ab und an hält ein Wagen auf dem Rastplatz und spuckt ein paar Leute aus, die hastig zum nächsten Baum oder ins Gebüsch eilen. «Eine schöne Nacht!» sagt ein Mann, während er sich die Hose zuknöpft. Dann ist G wieder allein.

Er ist müde, aber das Zittern ist verschwunden. Gedankenvoll betrachtet er die Sterne. Vielleicht hat sich Monsieur Louis ja schon die günstigste Methode zurechtgelegt, um sich seiner zu entledigen! Rein spielerisch wägt G diesen Gedanken ab, um sich zu beweisen, daß es ihm nichts ausmacht, auch das Schlimmste in Betracht zu ziehen. Schön und gut, mit diesem Zittern hat Monsieur Louis natürlich einen Trumpf gegen ihn, aber solange er nichts davon weiß, bleibt G sein bester Mann. Und er gibt ihm noch einmal eine Chance, was sich ganz deutlich in der Sorgfalt zeigt, mit der er alle Vorbereitungen und Vorkehrungen getroffen hat. Trotzdem, sobald er zurück ist, wird G sich für alle Fälle ein paar Gegenmaßnahmen überlegen!

Die kurze Rast hat ihm gutgetan. Er steigt wieder in den Wagen. Der Präsident Langlois wird um diese Zeit wohl schon schlafen, falls er nicht zu denen gehört, die die halbe Nacht mit Lesen verbringen. «Ich verspreche Ihnen, daß Sie nichts spüren werden!» sagt G ganz leise.

Hinter Saint-Pourcain steigen schon die ersten Morgennebel auf. Es wird Tag. Geradeaus erkennt man ganz schwach die Umrisse von

Bergketten. G spürt, daß die Krämpfe von neuem beginnen und geht, um sich abzulenken, noch einmal die Stationen seiner Fahrt durch, ohne dabei die Wegweiser vor ihm aus den Augen zu lassen. Endlich hat er Riom erreicht und die Abzweigung nach Châtelguyon.

Alles scheint zu schlafen, die Straßen sind menschenleer. G fährt ganz langsam, um die Straßennamen lesen zu können. Vor dem Casino muß er von der Avenue Baraduc abbiegen. Überall Gärten, Hotels, Pensionen und immer noch Nebel. «Nehmen Sie die neue Straße hinter dem *Hôtel Bellerive*...» Da liegt sie, die Villa «Les Troènes», ein schöner Bau am Ende einer baumbestandenen Zufahrt, die zur Straße hin mit einem Gatter geschlossen ist. Jetzt sind es nur noch etwa fünfzig Meter, die Straße macht einen Bogen, und G ist vor «Les Tulipes» angekommen. Geräuschlos steigt er aus dem Wagen. Er hat kalte Hände und geht ein wenig auf und ab, um sich zu lockern und zu wärmen.

Monsieur Louis hat nicht gelogen: «Les Tulipes» überragt wirklich die Villa «Les Troènes», man sieht von hier aus schon die Fenster der ersten Etage. Nach einer raschen Inspektion des Terrains kommt G zu dem Ergebnis, daß es keine andere Möglichkeit gibt, als den Wagen direkt vor «Les Tulipes» zu parken, und zwar in umgekehrter Fahrtrichtung. Auf diese Weise braucht er nur im Leerlauf hügelabwärts zu rollen und kann lautlos verschwinden.

Er schließt die Haustür auf und inspiziert lautlos das Erdgeschoß. Da die Fensterläden überall geschlossen sind, kann er ruhig das Licht anmachen. Die Einrichtung ist einfach, aber sauber, und der Kühlschrank ist, wie versprochen, tatsächlich mit allem gefüllt, was jemand, der incognito bleiben möchte, zum Leben braucht. Im ersten Stock liegen zwei Zimmer, davon ein Schlafraum mit einem frisch bezogenen Bett, Tisch und Stühlen, einem Sessel und einem Kleiderschrank. Auch das Badezimmer ist mit allem Notwendigen ausgestattet, so daß G um so lieber seinem Bedürfnis nachgeht, seine Hände unter das warme Wasser zu halten. Danach läßt er sich auf den Diwan sinken, und einen Moment lang überkommt ihn das heftige Verlangen, einfach liegenzubleiben, um die Spannung zu lösen, die ihn schon seit gestern unter Strom hält. Aber an Schlaf ist jetzt natürlich nicht zu denken. Er gönnt sich nur fünf Minuten Ruhe, dann ist er sofort wieder auf den Beinen, bereit zu neuen Taten.

Er öffnet die eisernen Fensterläden vor dem Schlafzimmer zunächst nur halb, um einen prüfenden Blick auf das benachbarte Haus werfen zu können. Tatsächlich, da ist die Terrasse, ein Stückchen weiter unten, aber über die blühende Hecke hinweg doch sehr gut einzusehen. Von hier aus schaut man auf die Seitenansicht der Präsidentenvilla und auf die Tür zur Terrasse, von der aus wiederum drei Stufen in ein kleines Nebengärtchen führen, in dem gerade eine Amsel auf Futtersuche ist. G schätzt die Entfernung von seinem Fenster bis in den hinteren Teil des Gartens auf ungefähr fünfundzwanzig Meter. Der Präsident wird also überall eine gute Zielscheibe abgeben, stellt er beruhigt fest und macht sich daran, den Wagen zu entladen. Er fühlt sich in Hochform. Die frische Luft in dieser Höhe wirkt berauschend wie Alkohol. Als erstes montiert er das Gewehr, steckt das Zielfernrohr und den Schalldämpfer auf und schiebt die Patronen ein. Automatisch legt er dann die Waffe an die Schulter. Alles in Ordnung. Hände sicher und entspannt, der Kopf klar, alle Muskeln einsatzbereit.

Er nimmt seine Ferngläser, richtet sie auf den Garten und stellt die Schärfe ein. Die Amsel hat plötzlich die Größe eines Huhns. Unterdessen ist es halb sechs, und ihm ist nach einem Kaffee. Er stöbert ein wenig in der Küche herum, entdeckt den Nescafé und gießt sich eine Tasse auf. Er weiß, daß er erst gegen Ende des Tages einen Versuch unternehmen kann. Vorher muß er den Präsidenten beobachten, seine Bewegungen und seinen Gang studieren, um ihn in einer möglichst günstigen Haltung zu erwischen. Insofern braucht er sich also gar nicht erst zu verstecken und so zu tun, als sei «Les Tulipes» ganz unbewohnt. Im Gegenteil, am besten reißt er alle Fenster weit auf und verhält sich ganz wie ein normaler Sommergast. Und falls der Präsident womöglich von seiner Terrasse aus dem neuen Nachbarn einen Gruß zuwinkte, nun, dann mußte man eben zurückwinken...

Und später? Nach dem Vollzug? Nun, gewöhnlich kümmerte sich Monsieur Louis um die Folgen. Er hatte sicher auch diesmal irgendwo in der Nähe jemanden stationiert, der – auf die eine oder andere Weise – die Leiche verschwinden lassen würde. Vielleicht überließ er es aber auch der Zugehfrau, Alarm zu schlagen – G hat im Grunde nie erfahren wollen, wie Monsieur Louis es anstellte, keine Spuren zu hinterlassen. Was immer das für Methoden sein mochten, sie waren jedenfalls auch ein Grund dafür, daß ihm seine

Getreuen so ganz vertrauten und ihn gleichzeitig so sehr fürchteten…

Nachdem er sich gewaschen und rasiert hat, zündet er sich die erste Pfeife für diesen Tag an. Der Präsident wird sich vermutlich erst später erheben, also kann G getrost in den Kurpark gehen, ein paar Zeitungen lesen und ein wenig flanieren.

Der Tod mag ruhig noch ein wenig warten.

3

Um die Heilquellen haben sich bereits Trauben von Menschen geschart. Kurgäste im Bademantel, die gerade erst aufgestanden sind, und Urlauber, die am Kiosk des Kurparks auf die Tageszeitungen warten. Ein paar Spaziergänger schlendern von einem Geschäft zum andern, in der Hand den kleinen runden Korb mit dem Glas heilenden Wassers, der Notwendigkeit gehorchend oder dem Zwang, sich von den anderen nicht unterscheiden zu wollen. Ein Bild des Friedens, wie kaum ein anderes auf der Welt. Wohin G auch schaut, niemand sieht wirklich krank aus. Das Ganze wirkt eher wie eine Art antikes Forum, in das die Menschen eintreten, um einen bestimmten geheimnisvollen Ritus zu erfüllen, indem sie ihren Platz einnehmen in den langen Warteschlangen vor den Quellen, die alle weibliche Namen tragen: Susanne, Marie-Louise, Henriette. Überall stehen Klappstühle, einige davon im Kreis angeordnet, so daß der Eindruck entsteht, hier versammelten sich die Müßiggänger zu einem Plauderstündchen.

G hat das beinahe schmerzliche Gefühl von Verlorenheit, als sei er in ein seltsam unwirkliches Land vorgedrungen. Er hat schon allerhand merkwürdige Verträge erfüllt, an den gefährlichsten Orten, wo man immer auf der Hut sein mußte. Hier ist man im Gegenteil auf Tuchfühlung mit jedem, mit völlig wehrlosen Leuten, deren einzige Beschäftigung darin besteht, mit kleinen genießerischen Schlucken ein Wasser zu sich zu nehmen, das an eine sumpfige Brühe erinnert. Und dieser Präsident Langlois muß offenbar auch zu diesem verschworenen Kreis von Kennern gehören. Ein leichtes Spiel also für jeden beliebigen Mann aus Monsieur Louis' Truppe.

G fühlt sich ein wenig deplaziert und strebt eilig zurück zu «Les Tulipes». Unterwegs kauft er *Le Courrier du Centre*, der in einem langen Artikel über das gestrige Attentat berichtet. «Ich glaube, ich träume», denkt er. «War das wirklich erst gestern?» Er überfliegt den Artikel, der sich weitschweifig über bereits bekannte Daten verbreitet, von denen einige allerdings besonders scheußlich wirken. Neu ist lediglich die Meldung eines anonymen Anrufs bei der Zeitung *Libération*. Demnach soll das Verbrechen das Werk einer unbekannten Gruppe namens «Gerechtigkeit und Freiheit» sein. Wieder eine neue Art von Snobismus, dieser «Fang-mich-doch»-Terrorismus, im Grunde genauso kindisch wie die Tricks und Bluffs im Boxring. «Ich dagegen...» denkt G. Er braucht den Gedanken nicht zu Ende zu denken, um bereits eine Art Stolz zu fühlen, er kann nun einmal nicht umhin, sich von solchen Dingen abzugrenzen.

Während er die Treppen zu seinem Haus hochgeht, muß er sich dennoch eingestehen, daß dieses Leben ohne Frau, ohne Kinder, ohne Freunde oder wenigstens einen Goldfisch schlechterdings unerträglich wäre, wenn es nicht Monsieur Louis gäbe. Nicht unerträglich in dem Sinne, daß man langsam erstickt, nein, im Gegenteil! Dieses Leben ist höchst angenehm, von einem Tag zum andern gesehen. Aber aus einer anderen Perspektive ist es mitunter schrecklich. Genauer gesagt: Immer dann, wenn er sich eingestehen muß, daß er ungefähr so entbehrlich ist wie eine giftige Schlange, wie eins dieser Tiere, die zertreten werden. Da kann er lange protestieren: «Nein, ich bin doch immerhin mehr wert!» – er braucht sich nur im Spiegel anzusehen! Dann hört er gelegentlich eine innere Stimme sagen: «Ich sehe aus wie ein Bazillus!» Aber glücklicherweise hat er sofort das Gegenmittel parat: Was er tut, kann niemand besser. Denn Ricardo hatte recht: Er hat das Auge – und die Hand.

Er fängt an zu schnaufen. Die Steigung macht ihm zu schaffen. Im Vorbeigehen wirft er einen schnellen, verstohlenen Blick auf die Villa «Les Troènes». Die Fenster im Obergeschoß sind geöffnet, dahinter erkennt er den Umriß eines Menschen und hat gerade noch die Zeit festzustellen, daß es sich um eine große und kräftige Gestalt handelt. Rasch geht er nach Hause, greift zu seinem Fernglas. Jetzt beginnt die eigentliche Arbeit.

Zunächst muß er die Fensterläden gerade so weit öffnen, daß er alles sieht, ohne gesehen zu werden. Dann gilt es, die Stelle zu erkunden, die sich für die Exekution am besten eignet. Monsieur Louis hat dafür den Garten empfohlen. Das hat sein Für und sein Wider. Die Entfernung ist zwar günstig, aber Monsieur Louis' Berater hat offensichtlich nicht bedacht, daß der Schatten, den «Les Tulipes» nach unten wirft, mit der Zeit weiterwandert, so daß sich die Lichtverhältnisse im Laufe des Tages ändern und ein Gutteil des Gartens nachmittags im Schatten liegen wird. Hinzu kommt, daß der Präsident im Garten wohl kaum auf einem Fleck stehenbleiben und deswegen ein bewegliches Ziel sein wird. Aus diesen Gründen bietet sich die Terrasse als bester Platz an. Wie er mit bloßem Auge erkennt, ist die Terrasse von einer niedrigen, mit Blumen bepflanzten Mauer eingefaßt. Gleich daneben liegt ein Gartenschlauch. Ein alter Strohsessel lehnt gegen einen Eisentisch, der offensichtlich als eine Art Stütze dient, da die Terrasse ein starkes Gefälle hat. Bei weitem interessanter aber ist der aufgeklappte Liegestuhl vor dem Teil des Hauses, das für G im toten Winkel liegt und wo er das Wohnzimmer vermutet. G stellt seine Ferngläser ein und richtet sie auf diesen Teil der Terrasse. Er ist funkelnagelneu, dieser Liegestuhl, und daneben steht ein orangefarbener Sonnenschirm, den man bereits aufgeklappt hat, woraus sich schließen läßt, daß der Präsident schon vor Ort gewesen ist. Vermutlich, um ein wenig zu lesen, denn auf dem Boden liegt griffbereit ein offenes Buch. Unter dem Schirm und teilweise von ihm verdeckt erkennt man einen niedrigen Tisch mit Kaffeetasse und Zuckerdose. Allem Anschein nach ist dies der Lieblingsplatz des Präsidenten.

In diesem Augenblick kommt der Besagte selbst auf Hausschuhen angeschlurft. Mit müden Schritten bewegt sich der alte Mann zu dem Beistelltisch und greift nach der Tasse.

«Lassen Sie nur», sagt er, «ich spüle sie schon selbst.»

G kann sich ausrechnen, daß diese Worte vermutlich der Zugehfrau gelten, die während seines Spaziergangs zu den Heilquellen eingetroffen sein muß. Es ist also sinnlos, weitere Pläne zu machen. Den Vormittag kann er schon mal abschreiben, und überhaupt läuft eigentlich nichts so recht nach seinen Wünschen. Schon seit seiner Abfahrt hat er das Gefühl, daß die Sache schlecht vorbereitet ist. Da ist erstens diese knappe Frist, zweitens hätte Monsieur Louis sich denken können, daß die Anwesenheit einer Hausgehilfin die ganze Sache verkomplizieren würde. Und schließlich war da noch eine weitaus störendere Kleinigkeit: Von diesem Posten aus ist G zu nahe an der Zielscheibe. Wenn der Präsident seinen Mittagsschlaf in diesem Liegestuhl einnimmt, was wohl anzunehmen ist, wird die Entfernung nicht ausreichen. Es sind nur ein paar Meter... Die Polizei wird den Schußwinkel sofort rekonstruiert und herausgefunden haben, wo der Schütze auf der Lauer gelegen hat. Die vielen Erfolge der Vergangenheit müssen Monsieur Louis übermütig gemacht haben, und das kann böse ausgehen.

G wartet weiter. Jetzt überquert der Präsident die Terrasse. Er trägt einen alten Pullover und verwaschene Jeans wie ein junger Mann. Er ist groß, dabei schon ein wenig gekrümmt, auf seinen nackten Armen treten dicke blaue Adern hervor, sein Kopf ist kahl. Inzwischen hat er eine Gießkanne mit Wasser gefüllt und geht die Stufen zum Garten hinunter. Mit dem Fernglas verfolgt G jede seiner Bewegungen. Schließlich ist der Präsident an einer Stelle angelangt, die optimal wäre, um ihn mit dem ersten Schuß zu treffen, aber da dreht ihm der alte Mann schon wieder den Rücken zu, während er die Gießkanne über einem Nelkenbeet hin- und herschwenkt. G legt das Fernglas auf dem Bett ab, nimmt das Gewehr zur Hand und probiert vor dem Fenster verschiedene Schulterhaltungen und Schußpositionen durch. Nur, um sich zu testen, läßt er das Gewehr langsam wandern, bis er das Ziel im Sucher hat – und sofort fängt das Zittern an. Nur ganz leicht, aber was er will, ist schließlich die absolute Unbeweglichkeit, für die ihn Monsieur Louis bezahlt. Wenn er in diesem Augenblick abdrücken würde, wäre der Präsident selbstverständlich sofort tot, und mehr erwartet Monsieur Louis nicht von ihm. Aber er selbst ist anspruchsvoller. Seine Hand hat ihm zu gehorchen und nicht eigenwillig zu sein, das ist selbstverständlich für jemanden, der mit eiserner Zirkusdisziplin aufgewachsen ist.

Er beschließt, sich ein wenig auszuruhen. Aber wozu sich etwas vormachen? Er ist wütend auf sich selbst, wütend auf diesen alten Knaben, der da unten den Gärtner spielt, aber vor allem auf Monsieur Louis! Wenn der ihm bei den Vorbereitungen freie Hand gelassen hätte, dann hätte er sich acht Tage Zeit genommen, um jede Bewegung des Präsidenten sorgfältig zu registrieren und – vor allem

– um ein anderes Haus zu finden, das etwas weiter entfernt lag. Die Präzision seiner Arbeit hätte darunter keineswegs gelitten, und er hätte sich aus dem Staub machen können, ohne daß jemand genau hätte feststellen können, von wo der Schuß gekommen war. Während ihm jetzt nichts anderes übrigblieb als dieser Schuß aus nächster Nähe. Das war wie ein gemeiner Meuchelmord, und unter diesen Umständen konnte er ebensogut gleich eine Bombe werfen!

In seinem Kopf läuft wieder der alte Film ab: die Explosion, die Schreie, der Rauch, das Blut...Seine Hand verkrampft sich von neuem, und er fragt sich, wie es möglich ist, daß er das Fernglas völlig ruhig halten kann. Aber sobald er das Gewehr anfaßt, fängt dieser Alptraum von vorne an!

Unterdessen ist der Präsident auf dem Rückweg zum Haus. Während er eine Wespe verscheucht, die um seinen Kopf kreist, atmet er tief die frische Bergluft. Er wirkt ein wenig sorgenvoll. Unten links im Bildausschnitt zeigt sich die Haushälterin. Man erkennt nur den Kopf und die Schultern, wie in einem Comic-strip. Die Frau trägt einen grauen Kittel und um den Hals eine goldene Kette mit einem kleinen Kreuz. Sie ist eine Mischung aus Bauersfrau und Arbeiterin, wie sie eben ihre Hände an einem Putzlappen abwischt und dabei sagt:

«Die Waschmaschine ist kaputt. Man sollte eben kein Haus mieten, ohne vorher zu probieren, ob auch alles funktioniert. Aber Monsieur braucht sich keine Sorgen zu machen. Mein Cousin wird sich morgen darum kümmern. Er ist ein guter Handwerker und nicht teuer.»

Der Präsident nickt zustimmend. Er ist offensichtlich nicht zu Gesprächen aufgelegt.

Entschieden zuviel Leute! denkt G. Fehlt nur noch, daß irgendein Besuch aufkreuzt, und der ganze Tag ist hin... aber er muß es heute hinter sich bringen, in den nächsten zwei, drei Stunden.

Der Präsident geht mit kurzen, kleinen Schritten über die Terrasse und reicht seiner Haushälterin die Gießkanne.

«Wünschen Monsieur, daß ich mit dem Gießen weitermache?» erkundigt sich die Frau.

«Nein, danke, Madame Françoise. Die Sonne steht schon zu hoch.»

Seine Stimme ist tief und heiser, aber von großer Freundlichkeit.

Langsam läßt er sich in den Liegestuhl sinken. Das Segeltuch wölbt sich unter seinem Kopf, als er sich mit einem wohligen Seufzer nach hinten lehnt. Dies ist die Stelle, auf die G wird zielen müssen.

«Ich hab die Platte unter dem Topf mit den Kartoffeln abgestellt. Wird Monsieur alleine zurechtkommen?»

«Aber sicher, ich bitte Sie!» protestiert er lächelnd.

Sie schickt sich gerade an, ihren Arbeitskittel auszuziehen, als der Präsident leise sagt:

«Madame Loubeyre... bringen Sie ihn doch mit, wenn Sie wieder zurückkommen.»

«Aber er wird Sie zu sehr anstrengen», widerspricht sie.

«Nein, nein! Wir verstehen uns sehr gut, wir zwei.»

«Aber Monsieur braucht seine Ruhe. Und ich werde nicht dableiben können.»

«Schon gut, lassen Sie nur... ich werde ihn dazu abrichten, mir ein wenig vorzulesen!»

Beide lachen. Dann fährt der Präsident fort:

«Sie können jetzt gehen, Madame Loubeyre, und machen Sie sich um mich keine Sorgen. Also, guten Appetit und bis nachher!»

G ist beunruhigt, fragt sich, was das bedeutet. Soll es heißen, daß der Alte für den Nachmittag einen Gast erwartet? Das war keineswegs vorgesehen im Programm! Monsieur Louis hatte ausdrücklich betont, daß Monsieur Langlois keine Besuche empfing... Zu allem Überfluß schien es sich um jemanden zu handeln, der ihm nahestand, nach der Art zu urteilen, wie die beiden über die Bemerkung gelacht hatten: «Er wird mir ein wenig vorlesen». Außerdem hatte der Alte gesagt: «Wir verstehen uns sehr gut...» Aber ruhig Blut! Er mußte abwarten und sehen, was passierte.

In der Zwischenzeit liest er noch einmal die Angaben von Monsieur Louis. Da steht schwarz auf weiß, daß dies die erste Kur des Herrn Präsidenten und sein erster Aufenthalt in Châtelguyon war. Was bedeutete dann dieses «Wir verstehen uns sehr gut»? Handelte es sich um eine Person, die er von woandersher kannte? Nein, irgend etwas stimmte da nicht. Und dann diese Bemerkung: «Bringen Sie ihn doch mit.» Wie war das zu interpretieren? Das hörte sich ganz danach an, als ob hier jemand zum Kommen ermuntert werden sollte, der sehr zurückhaltend war und offensichtlich fürchtete zu stören. Aber warum hatte diese Person es dann nötig, sich mit ihm über die Putzfrau zu verständigen und von ihr mitbringen zu lassen? Zumal Monsieur Langlois sie doch offensichtlich gern hatte?

G ballt die Fäuste und wirft sich aufs Bett. Noch nie hatte ihn Monsieur Louis mit einer derart krummen Geschichte betraut! Am besten liquidierte er den Alten jetzt sofort und verschwand dann, ohne sich weiter den Kopf zu zerbrechen... Aber dazu ist G ein viel zu ausgekochter Profi. Er hat das Gefühl, vertragsbrüchig zu sein, wenn er jetzt resigniert. Er braucht jetzt wirklich etwas, um sich für die nächsten Stunden aufzumuntern, um präzise und schnell zu funktionieren, also nimmt er zwei Tabletten Maxiton. Im Nu ist er wieder bei Kräften. Das Mittel wirkt um so schneller, als er seit gestern kaum etwas gegessen hat. Auf seinem Beobachtungsposten am Fenster verzehrt er nacheinander zwei Bananen und genießt trotz seiner inneren Unruhe die friedliche Stimmung dieser Gegend. Überall singen, pfeifen und zwitschern die Vögel – und plötzlich ertönt das Telefon im Haus des Präsidenten. Überraschenderweise kann er Langlois' Stimme ganz klar und deutlich verstehen, ohne sich auch nur aus dem Fenster lehnen zu müssen.

«Oh, ja, ich bin hier sehr gut untergebracht», hört er den alten Mann sagen, «aber es ist eigentlich viel zu groß für mich... Ja, alles neu und sauber. Der Makler hat mir eine richtige Perle von Haushälterin besorgt... Hallo?... Du bist nicht sehr gut zu verstehen... Aber ja, ich lasse ihr ganz freie Hand, und sie versteht ihr Metier... Ja, natürlich arbeite ich. Ich habe ein paar eilige Akten mitgenommen, unter anderem die Akte Rulman, über die ich noch mit Kulik sprechen will... Nein, mach dir keine Sorgen, mir geht es schon viel besser. Danke für deinen Anruf. Bis bald dann... Ja, danke, ich dich auch...»

Ich dich auch? Was hieß das? Wahrscheinlich: Ich umarme dich auch, ja, zweifellos. Aber wen? Einen nahen Verwandten? Oder einen Geschäftspartner? Es gab ja gewisse Kreise, in denen jeder jeden pausenlos umarmte... G stopft die Schaumpfeife, die ihn in ihrem Lederetui überallhin begleitet, und geht in Gedanken das Telefonat noch einmal durch. War es möglich, daß es sich hier um eine politische Affäre handelte? Wenn Monsieur Louis sich der Mühe unterzogen hatte, seinen besten Mann zu mobilisieren, dann doch wohl gewiß nicht, um irgendeine subalterne Figur aus dem Weg zu räumen! Schon von Anfang an hat G irgendeine unbestimmte Gefahr gewittert, und Monsieur Louis hat sich natürlich gehütet, ihn in die Karten blicken zu lassen, um ihn nicht von vornherein abzuschrecken mit der Aussicht, daß er möglicherweise improvisieren mußte. Und genau das war jetzt schon passiert! Und wenn er einen Fehler machte, würde das auf ihn zurückfallen! Monsieur Louis hielt sich immer fein in sicherer Entfernung.

Draußen wieder das Schlurfen von Pantoffeln – der Präsident hat wieder die Terrasse betreten. Auch er jetzt mit einer Pfeife im Mund. G mag das alles überhaupt nicht. Er hat immer schon eine heftige Abneigung dagegen gehabt, auch nur geringfügig in das Privatleben anderer Menschen einzudringen. Er sieht sich nicht gerne in dieser Rolle des Voyeurs, die ihm sein Metier vorschreibt.

Er richtet das Fernglas auf das Gesicht seines Opfers und stellt die richtige Schärfe ein. Der Präsident läßt sich gerade schwer in seinen Liegestuhl sinken. Stück für Stück, Schicht für Schicht, wie ein Astronom beim Studium eines fernen Sterns, streicht G mit dem Fernglas über diesen plötzlich so nahen Kopf. Faszinierend, die Geographie eines menschlichen Gesichts, mit seinen Stirnfalten wie tiefe Narben, mit seinen Lidern, die immer wieder auf und ab schlagen und den vielen roten Äderchen auf der Nase, die den ehemals kräftigen Trinker verraten... Nun erforscht G die nicht besonders sorgfältig rasierten Wangen, mit den Einsprengseln schwarzer Punkte inmitten der weißen Haare. Von weitem hatte es ausgesehen, als sei der Präsident durchgehend ergraut, aber nun zeigt sich, daß dem nicht so ist. Diese kleinen Punkte sind die Überreste eines ehemals schwarzen Bartes, und das hätte etwas Rührendes – wenn sich G noch von irgend etwas rühren lassen könnte. Der Hals besteht nur noch aus einem Wallen übereinanderliegender schlaffer Haut, wie überhaupt alles irgendwie schlaff und zerrüttet wirkt in dieser ahnungslos dargebotenen Physiognomie. Bis auf die hohe, wohlgeformte und intelligent wirkende Stirn, um die sich die Hutkerbe wie ein glattes, weißes Band windet. Ein gutes Ziel, genau dorthin müßte er schießen. Und warum denn nicht jetzt gleich?

Inzwischen scheinen sich die Zimmer der angrenzenden Hotels allmählich geleert zu haben. Alles ist wieder aufgeräumt, die Kurgäste selbst sind längst bei den Trinkquellen.

Um wirklich von draußen nicht sichtbar zu sein, muß sich G zwei

Schritte vom Fenster entfernt halten. Das ist ärgerlich, denn auf diese Weise kann er nur die Oberkante des Liegestuhls und den blanken Schädel des Präsidenten sehen. Trotzdem greift er jetzt nach seinem Gewehr, hebt es ganz vorsichtig an die Schulter, als könne er mit dieser Bewegung irgendeinen Lärm verursachen, und richtet den Lauf der Waffe auf das Ziel. Die linke Hand ist ruhig und sicher. Aber – so ein Pech! Das Telefon! Der Präsident steht fluchend auf, klopft den Pfeifenkopf an seinem Absatz aus und verschwindet im Haus. Wirklich, zu dumm! Und wenn dieses Theater nun den ganzen Tag so weitergeht? Dieser Plan von Monsieur Louis ist wirklich nicht der beste!

«Hallo? Sind Sie das, Paul? Nun, Sie sehen ja, alles ist gutgegangen…»

G hat keine Lust mehr, länger zuzuhören. Er geht nach unten, macht die Haustür sorgfältig hinter sich zu und geht ein wenig spazieren. Es ist jetzt halb zwölf, und der Präsident wird gleich zu Mittag essen. Dann wird er sich seinem Aktenstudium widmen, so daß er ihn vermutlich erst am Nachmittag wiedersehen wird, wenn die Terrasse im Schatten liegt. Er muß also unbedingt den richtigen Moment erwischen zwischen diesem Zeitpunkt und dem Augenblick, wo der Besuch auftaucht. Eine riskante Angelegenheit! Sobald der Alarm losgeht, wimmelt die ganze Gegend von Menschen! Wieder einmal kommt ihm der Gedanke, daß er einfach zu alt ist für solche Sachen. Und wenn er bedenkt, daß er reich ist, daß er ein hübsches kleines Landgut besitzt, wo er am Fluß und in den Wäldern den Sommer verbringen kann, dann fragt er sich wirklich, wozu das gut ist, dieses ewige und lächerliche Auf-der-Lauer-Liegen!

Er wandert zwischen den Verkaufsständern für Ansichtskarten und Bücher hin und her, dreht müßig an dem einen oder anderen, ohne sich allerdings für irgendeine Lektüre entscheiden zu können. Schon gar nicht für einen Kriminalroman, weil er darin immer nur Ungenauigkeiten entdeckt. Außerdem liest er ohnehin nicht gern, schon nach wenigen Seiten verwechselt er die handelnden Personen, vor allem dann, wenn sie englische Namen tragen. Es muß wohl daran liegen, daß er zum Lesen nie Zeit hatte, weil er schon frühzeitig hart arbeiten mußte. Schießübungen mit dem einen, Jongliertraining mit dem anderen – und das alles bis zur Erschöpfung. Als er endlich sein eigener Herr war, hat er sich möglichst viel Freizeit gegönnt und das Nichtstun – das *farniente*, wie manche es nannten – sehr genossen. Ihm ist nie langweilig geworden, wenn er sich einfach treiben ließ, ohne Gedanken an Vergangenes, ohne Reue und ohne Wünsche. Eine Art Glück im kleinen war das, wie das Glück einer Katze, die stundenlang mit halboffenem Auge döst, und es war das, wofür er sich entschieden hatte. Aber jetzt war diese Zufriedenheit dahin, und schuld daran war Monsieur Louis. Nicht mehr die Initiative zu haben, im Ungewissen zu sein und warten zu müssen, das versetzt ihn in einen Zustand fieberhafter Erregung. Ruhelos schlendert er umher, vom Kasino zum Musikpavillon, dann bleibt er vor den Auslagen einer Stahlwarenhandlung stehen und bewundert die breite Auswahl an Klingen aller Art, vom winzigsten Taschenmesser bis zu der drohenden Größe von Hirschfängern.

Inzwischen ist es fast halb eins, und der Präsident wird seine Mahlzeit wahrscheinlich beendet haben. Vielleicht wird sich jetzt eine günstige Gelegenheit bieten. Auf dem Rückweg zu «Les Tulipes» läuft G der Haushälterin über den Weg, die eben die Präsidenten-Villa verläßt. Er wundert sich, daß sie so schnell wieder dagewesen ist, und geht rasch ins Haus. Er achtet jetzt auf jede seiner Bewegungen, jede Kleinigkeit zählt. Die Jagd beginnt. Er geht nach oben in das Schlafzimmer, greift nach seinem Gewehr und bezieht Posten vor dem halboffenen Fenster. Auf der Terrasse ist niemand zu sehen, aber in der Küche hört er jemanden sprechen. G spitzt die Ohren und erkennt, daß die Stimme aus einem Radio kommt. Ruhig schiebt er eine Kugel in sein Gewehr. Nun kann es losgehen, er ist bereit...

Soll er sich doch endlich zeigen, der Herr Präsident! Er will ihn hinter sich haben, diesen Vertrag!

«Runter da!» hört er den alten Mann plötzlich schreien. «Los, hinaus mit dir!»

Im gleichen Augenblick erscheint der Präsident auf der Terrasse. Vor ihm her tollt ein riesiger Wolfshund, springt an ihm hoch und versucht immer wieder, ihm das Gesicht abzulecken.

Bevor G noch Zeit gehabt hat, die neue Situation zu begreifen, hat er bereits gefeuert. Zwei Schüsse, direkt nacheinander, und beide haben ins Schwarze getroffen. Der Mann ist unter dem Schock zurückgeprallt und sinkt langsam an der Hauswand in sich zusammen, während der Hund mit einem Stöhnen zur Seite fällt. Alles ist lautlos vonstatten gegangen, der Schalldämpfer hat den Knall der Schüsse geschluckt. Einen Augenblick lang rührt sich G nicht von der Stelle, wie erstarrt vor Verblüffung. Er hat noch gar nicht richtig wahrgenommen, was da passiert ist...

Sein Selbsterhaltungstrieb läßt ihn wieder zu sich kommen. Mit einem Schlag sieht er wieder ganz klar. Der Präsident ist tot, eine Kugel hat ihn direkt in die Schläfe getroffen. Aber der Hund ist nur verletzt. Es hat ihn am Bein erwischt, als er gerade hochsprang, um mit seinem Herrchen zu spielen. Oder ist das gar nicht sein Herrchen? Wird vielleicht gleich jemand da draußen auftauchen oder sich womöglich drinnen einschließen, um nach Hilfe zu telefonieren? Er muß unbedingt noch ein wenig warten, Gewehr im Anschlag!

Noch nie vorher hat G sein Ziel verfehlt, und noch nie vorher hat er einen Zeugen niedergeschossen. Dabei sollte es auch bleiben. Er hört, daß das Radio immer noch läuft, offensichtlich ist niemand da, um es abzuschalten. Das Telefon bleibt stumm. Keine Frage, er muß da unten nach dem Rechten sehen und dem Hund den Fangschuß geben, wenn seine Verletzung tödlich sein sollte.

G legt das Gewehr auf dem Bett ab, schraubt den Schalldämpfer auf seinen Revolver und verläßt das Haus. Draußen ist niemand zu sehen. Er braucht nur das Gartentor der Nachbarvilla aufzustoßen und ist im Nu auf der Terrasse. Der Hund richtet sich auf, setzt sich auf die Vorderpfoten und knurrt. Der linke Hinterschenkel ist verletzt, aber die Wunde hat nicht sehr stark geblutet. Offenbar nur eine Fleischwunde, aber sicher war auch der Muskel geschädigt. Mit Tieren kennt sich G ganz gut aus. Wegen seiner Zeiten im Zirkus. Er erinnert sich an eine ganze Menagerie von Tieren und daran, daß er den Stuten immer beim Fohlen geholfen hatte. Aber dieser Wolfshund war weniger harmlos. Glücklicherweise schien er sich nicht von der Stelle rühren zu können, obwohl er zähnefletschend versuchte, auf seinen Feind zuzurutschen.

G macht einen Bogen um das Tier und betritt das Haus, um zu telefonieren. Monsieur Louis haßt es zwar, dauernd gestört zu werden, aber darauf kann man jetzt keine Rücksicht nehmen. Er muß ihn unbedingt informieren.

Gewissenhaft befolgt er das Erkennungsritual. Eine unbekannte Stimme ist am anderen Ende der Leitung und unterbricht ihn:

«Ich bin im Bilde. Nun, ist alles gelaufen?»

«Ja, aber da war ein Hund. Und der ist verletzt.»

«Warten Sie einen Augenblick.»

Monsieur Louis' Stimme meldet sich:

«Sie wissen doch, was zu tun ist! Erzählen Sie mir nicht, daß Sie einen Rat brauchen. Sie doch nicht!»

G zögert einen Moment, während Monsieur Louis leise weiterspricht:

«Die Sache ist doch ganz klar: Jemand hat versucht, in die Villa einzubrechen, und dabei hat er einen Mann und seinen Hund getötet. Danach hat er alles von oben nach unten gekehrt... Haben Sie verstanden? Also nehmen Sie die ganzen Akten und machen Sie sich aus dem Staub!»

«Und der Hund?»

«Was heißt das, der Hund? Der ist uns doch egal! Und nun lassen Sie mich bitte in Ruhe und rufen Sie mich nicht mehr an!»

Monsieur Louis hat aufgehängt. Seine Stimme hat eisig geklungen, und G denkt sich, daß er besser den Mund gehalten hätte.

Das war es also, was Monsieur Louis von Anfang an im Sinn gehabt hatte: einen Einbruch vorzutäuschen! Nun, nichts war einfacher als das – aber was wurde aus dem Hund? Das war leicht gesagt «Der ist uns doch egal». Wenn die Sache nur besser vorbereitet gewesen wäre...! Es war wirklich ein Unding, unter solchen Bedingungen zu arbeiten. Es war einfach ekelhaft! Der Präsident selbst, das ging gerade noch an, aber daß er jetzt gezwungen sein sollte, sich wie ein mieser kleiner Gauner aufzuführen, alles zusammenzuraffen, was ihm in die Hände fiel, und zum Schluß auch noch ein wehrloses Tier abzuknallen...!

Während er weiter vor sich hin schimpft, durchsucht er zunächst das Schlafzimmer des Präsidenten, nimmt einen Koffer aus dem Schrank und verstaut die Akte, die offen neben dem Bett gelegen hat. Auch ein Buch nimmt er an sich. Es trägt den Titel *Die Blumen des Bösen.* Achselzuckend stößt er einen Stuhl und einen Sessel um, geht zum Badezimmer, wirft den Rasierpinsel in den Papierkorb, die Klingen, die Zahnbürste... Wenn er schon ein Durcheinander schaffen soll, kann er es auch gleich gründlich tun!

Zurück ins Erdgeschoß. Hier liegt der Rest der Akten, ordentlich zu zwei Haufen gestapelt auf einem kleinen Tisch. Er wirft sie in den Koffer, zertritt die Brille des alten Mannes, wirft die Pfeife, eine Schere, ein paar Bleistifte, ein Lineal, einen Hotelführer kunterbunt auf den Teppichboden. Was gibt es noch? Eine kleine Pillendose und ein Tablettenröhrchen mit Valium. G steckt beides ein. Plötzlich kommt ihm eine Idee. Eigentlich ist es nur ein vager Gedanke, der ihm allerdings nicht ganz ungefährlich erscheint. Er wirft einen Blick auf die Uhr. Tischzeit für die Gäste der umliegenden Hotels, vermutlich also der ruhigste Moment des Tages... An der Tür zur Terrasse bleibt er einen Augenblick stehen. Der Präsident hat etwas Blut am Gesicht. Es ist seitwärts über den Hals gelaufen und auf die Schulter. Man hört bereits das Summen einer Fliege.

Der Hund liegt in einer Blutpfütze, ohne sich zu rühren, spitzt jedoch die Ohren und behält die Gestalt im Auge, die ihm Böses will. Mann und Hund tauschen einen langen Blick. G erinnert sich an seine Zeiten mit den wilden Zirkustieren. Er hatte sich immer gerne mit ihnen beschäftigt, mit den Panthern, den Löwen und Geparden. Und wenn er mit ihnen sprach, hatten sie ihm gelangweilt zugehört, mit halbgeschlossenen Augen, weil sie dem Blick eines Menschen nicht standhalten konnten... Aber dieser Hund will nicht nachgeben. In seinen dunklen Pupillen steht ein Ausdruck von Schmerz, aber auch der stolze Mut eines Gegners, der entschlossen ist, sich nicht kampflos zu übergeben. Seine weißen Zähne blitzen, und aus seinem offenen Rachen dringt ein warnendes Knurren. Seine Flanke scheint nicht mehr zu bluten, aber sein helles Brustfell ist klebrigrot.

«Mein guter Hund...» sagt G ganz leise.

Er macht ein paar Schritte auf das Tier zu, um ihm etwas Beruhigendes zu sagen. Er weiß nicht so genau was, aber er möchte ihm gerne zu verstehen geben, daß er das nicht gewollt hat, daß es nicht seine Schuld war, daß er Monsieurs Anweisung nicht befolgen wird, daß er nicht mit ihm kämpfen will und daß er kein Mörder ist! Aber er bleibt wie festgenagelt stehen unter dem offenen Blick dieser Pupillen. Schließlich weicht er zurück, ganz betroffen von dem Gefühl, daß er sich für dieses Tier und gegen Monsieur Louis entscheiden wird. Da gibt es nichts mehr zu überlegen, sein Entschluß steht fest. Ein törichter Entschluß wahrscheinlich, ein Fehler, den er vermutlich bezahlen muß, aber schließlich... jemand, der tötet, muß nicht unbedingt ein Schlächter sein!

4

Im Laufschritt eilt er zurück ins Haus. Dieser Hund hat ihn völlig aus dem Konzept gebracht, er hätte natürlich als erstes den Telefonhörer abnehmen müssen! Schnell holt er das Versäumte nach und wischt sich den Schweiß von der Stirn. Noch nie ist ihm so heiß gewesen... Und wie nun weiter? Was er vorhat, ist sehr riskant, und es wäre sehr viel einfacher, dem Tier eine Kugel in den Kopf zu jagen. Einfacher für ihn und einleuchtender für die anderen. Denn sobald die Haushälterin Alarm schlug, würden alle ersten Eindrücke in die von Monsieur Louis geplante Richtung weisen, auf das Werk eines ertappten Einbrechers, der Herr und Hund getötet und dann an sich gerafft hat, was er greifen konnte. In diesem Zusammenhang wäre der Mord nur ein Teilaspekt des Verbrechens, zumal Gewalt ohnehin kaum noch als etwas Besonderes galt. Ja, das war wirklich die einzig vernünftige Art, den Vertrag zu erfüllen. Aber andrerseits hat G noch den kalten Klang dieser Worte im Ohr «Der Hund ist uns doch egal»... Irrtum, ihm ist er keineswegs egal! Und wenn Monsieur Louis mit offenen Karten gespielt hätte, hätte er ihn entsprechend vorwarnen müssen. Aber das hatte er sicher bewußt unterlassen, weil er wohl geahnt hatte, daß G dann zögern, diskutieren und vielleicht sogar ganz ablehnen würde, das Unternehmen auf diese Art durchzuführen. Aber möglicherweise stimmte auch das nicht so ganz, denn vielleicht hatte Monsieur Louis gar keine Ahnung gehabt von der Existenz dieses Hundes...

Während er weiter heftig über dieses Problem nachdenkt, inspiziert er den Inhalt des Kühlschranks: ein gebratenes Hühnchen, eine Wurst, Heringsfilets, Butter, Milch, eine Flasche Mineralwasser und im untersten Fach ein Napf mit Hundefutter. G nimmt ihn heraus und stellt ihn auf den Küchentisch. Die Hundemahlzeit sieht ausgesprochen einladend aus und ist offenbar von Madame Loubeyre liebevoll arrangiert. G fragt sich, wie wohl ihre Beziehungen zu dem Präsidenten gewesen waren. Und wem mochte dieser Hund gehören? Es gab wirklich viele offene Fragen.

Hastig durchstöbert er den reichhaltig ausgestatteten Küchenschrank und findet schließlich, was er sucht: einen Mörser und den dazugehörigen Stößel. Wieviel Valium war wohl nötig, damit ein Hund von ungefähr vierzig Kilo Gewicht einschlief? Während G darüber nachdenkt, öffnet er das Tablettenröhrchen und läßt sieben bis acht Pillen in seine Hand rollen. Er wählt die Menge auf gut Glück. Gelegentlich hat er selbst zum Einschlafen ein paar Valium genommen, aber nie mehr als zwei. Wenn er jetzt dem durch Blutverlust geschwächten Hund eine zu hohe Dosis verabreicht, kann es passieren, daß das arme Tier nie wieder aufwacht. Andrerseits muß es mindestens zehn Stunden ohne Bewußtsein bleiben, wenn sein Plan gelingen soll...

Wenn er es recht bedenkt, ist er auf dem besten Wege, nicht nur das Schicksal herauszufordern, sondern schlimmer noch – Monsieur Louis! Seine Hände beginnen wieder zu zittern. Halb auf der Tischecke sitzend, nimmt er seine Pfeife und stopft sie sehr bedächtig. Schließlich kommt er zu dem Entschluß, es mit sechs Tabletten zu versuchen. Man wird sehen... Er zerdrückt die einzelnen Pillen und zermahlt sie mit dem Stößel zu feinem Staub, den er mit Hilfe eines Löffels unter das Futter mengt. Gleich wird sich alles entscheiden. Wenn der Hund das Fressen annimmt und schnell das Bewußtsein verliert, wird er ihn mitnehmen. Wenn nicht, muß er ihn töten. Aber zunächst einmal geht es darum, überhaupt nahe genug an ihn heranzukommen.

Den Futternapf vor sich hertragend wie ein geschulter Kellner, geht er hinaus auf die Terrasse. Er macht ein paar Schritte auf den Hund zu und lockt ihn mit den Worten:

«Was haben wir denn da? Lecker, lecker... gutes Fleisch für den Hund, mmmh, sehr lecker...»

Der Hund knurrt und bleckt bissig die Zähne. Die Verletzung scheint seine Angriffslust nicht besonders gedämpft zu haben. G wagt sich nicht näher heran. Er spürt, daß das Tier noch genügend Kraft hat, um zu versuchen, nach seinem Bein zu schnappen. Er muß mit ihm sprechen, es beruhigen, einschmeicheln:

«Guter Hund, braver Hund... das ist alles für dich... gutes Fressen, mmmh, lecker... da, probier mal!»

Er stellt den Napf auf den Boden, streckt seinen Arm so weit wie möglich aus und schiebt das Fressen in die Reichweite des Tieres. Sofort geht ein Ruck durch Hals und Oberkörper des Hundes. Er wirft die Schnauze nach vorn, reicht aber nicht an den Napf heran. Die Schmerzen hindern ihn, und er gibt einen heiseren Laut von sich, eine Mischung zwischen Bellen und Stöhnen.

«Siehst du, du Dummkopf, da hast du's!» sagt G. «Warte, bleib ruhig liegen.»

Er schaut sich suchend auf der Terrasse um, wendet sich dann wieder an den Hund.

«Ein Besen, das wär's! Hast du eine Ahnung, wo man hier die Besen aufbewahrt?»

Damit hat er auf Anhieb den richtigen kameradschaftlichen Ton getroffen, ein bißchen scherzhaft und doch freundlich. Der Hund ist offensichtlich überrascht und neigt ein wenig den Kopf, wie Tiere das zu tun pflegen, wenn sie etwas nicht so ganz verstanden haben und darauf warten, daß man es wiederholt.

«Ah, da ist er ja!» ruft G erleichtert, greift den Besen und schiebt den Futternapf dicht an den Hund.

«Hau rein, mein Alter, aber halt dich 'n bißchen ran! Wir haben's nämlich etwas eilig.»

Der Hund schnuppert ein wenig, wirft dem fremden Mann, der nicht besonders bedrohlich wirkt, noch einen Blick zu und entschließt sich endlich zu fressen, während G vor ihm in der Hocke sitzt, ihn lobt und ermuntert:

«Na? Ist das etwa schlecht? Doch wohl nicht, was? Würd ich glatt selbst essen, wenn du mir was übrigläßt!»

Gewöhnlich ist G eher schweigsam und kaum imstande, mit jemandem ein Gespräch zu führen, nun entdeckt er, daß er zu diesem Tier wie zu einem Gleichgesinnten sprechen kann. Erinnerungen an längst vergangene Gefühle überwältigen ihn, und er rührt sich nicht von der Stelle, ganz versunken vor Staunen bei der Betrachtung des Tieres, das hastig sein Futter verschlingt und den Napf dabei so heftig bearbeitet, daß er immer weiter wegrutscht und sich schließlich außer Reichweite befindet. Sehr vorsichtig schiebt G ihn mit dem Besen wieder näher heran.

«Wenn ich deinen Namen wüßte», sagt er, «hätten wir's beide etwas leichter...»

Der Hund, immer noch mit Fressen beschäftigt, läßt ihn nicht aus den Augen, verfolgt jede seiner Bewegungen, ohne den Kopf zu rühren, nur mit den Pupillen, die wie bei einem Menschen von einem Augenwinkel zum andern wandern. Plötzlich ein Klacken der Zähne, als er das Maul blitzschnell zuschlägt – er hat versucht, eine Fliege zu fangen, die sich zu nah an sein Futter gewagt hatte.

«Sehr gut! Bravo!» lobt G. «Man kann sich nicht alles gefallen lassen...»

Der Napf ist wieder weggerutscht. Der Hund reckt die Brust und macht den Hals lang, um ihn zu erreichen, aber das Hinterteil will nicht nachkommen. Aus der Wunde sickert ein wenig frisches Blut.

«Ich mache mir wirklich Vorwürfe, weißt du», murmelt G. «Glaub mir, es tut mir furchtbar leid, und ich werde dir einen prima Verband machen. Aber erst mußt du mal auffressen.»

Immer noch in der Hocke, pirscht er sich ein wenig näher heran und schiebt den Napf mit den Fingerspitzen so weit vor, daß das Tier ihn gut erreichen kann. Etwas mißtrauisch und überrascht spitzt der Hund die Ohren, macht aber keine Anstalten, sich auf die Hand zu stürzen.

«Na, siehst du», sagt G, «du weißt genau, daß ich dein Freund bin... und jetzt leg dich ruhig hin, schlaf ein bißchen.»

Ein kurzes, leises Bellen ist die Antwort.

«Hab schon verstanden», meint G, «du hast wohl Durst. Keine Sorge, ich werd mich drum kümmern.»

Er geht zurück in die Küche, nimmt eine Kasserolle vom Haken an der Wand und füllt sie mit Wasser. Als er wieder hinaustritt, weicht der Hund knurrend vor ihm zurück.

«Aber, aber, mein Alter!» sagt G in munterem Ton. «Erkennst du mich etwa nicht? Ach, Verzeihung, du kannst dich nicht setzen, du Armer. Laß nur, ich werd dir helfen.»

Er geht das Risiko ein, sich in die Reichweite der scharfen Hundezähne zu begeben. Das Knurren wird lauter, als er den Topf auf dem Boden abstellt, und er zieht es vor, sich schnell wieder zurückzuziehen. Dann beobachtet er aus sicherer Entfernung, wie das Tier sein Maul in die Kasserolle taucht und seinen Durst stillt. Offenbar ist es nicht besonders bequem, im Liegen zu saufen. Das Wasser spritzt auf den Boden, und schließlich kippt die Kasserolle ganz um, aber das Tier scheint inzwischen genug getrunken zu haben.

Während der nun folgenden Wartezeit klopft G seine Pfeife aus und stopft sie neu, ohne seinen Blick von diesem Hund losreißen zu können. Vor allem nicht von der breiten, quer über die Stirn verlaufenden Sorgenfalte aus dunklen Haaren, die so aussieht, als habe jemand die Augen geschminkt. Diese Falte liebt er ganz besonders. Und dann auch diesen Streifen aus dunklem Fell, der aussieht wie die Amtskette eines Würdenträgers und quer über den Brustkorb nach oben über die Schulter im glänzendschwarzen Deckhaar des Rückens verläuft. G erinnert sich, daß er früher oft den kleinen Zoo besucht hat, in dem die «pensionierten» Zirkustiere ihren Lebensabend verbrachten. Dabei hat er den Tieren selbst allerdings nie besondere Aufmerksamkeit gewidmet, sondern sich mehr damit beschäftigt, sich möglichst vor ihren Krallen und Zähnen zu schützen. Waren sie eigentlich schön gewesen, diese Tiere? Vielleicht schon – aber sie hatten nicht soviel Menschliches an sich gehabt.

Zum Beispiel die Zebras mit ihren Streifen, das war was, um kleine Kinder zum Lachen zu bringen! Oder die Affen – einfach lächerlich! Die Panther, ja, die hatten vielleicht etwas Besonderes – aber nur wegen ihrer Augen, ihres lasziven Blicks. Und der Bär? Nun, der wäre vielleicht sehenswert gewesen, wenn man ihn nicht dazu abgerichtet hätte, immer mit dem Fahrrad herumzufahren... Es war nun mal leider so, daß man all diese Tiere zu Sklaven gemacht hatte! Und deshalb trug keines von ihnen den Kopf so stolz und hoch wie dieser Hund.

Wenn es nur nicht so gefährlich wäre, ihm das Halsband abzunehmen... Dann würde er endlich erfahren, wie das Tier heißt, denkt G und hofft, daß man ihm nicht einen dieser entwürdigenden Kino-Namen wie Rintintin oder Lassie gegeben hat. Ah, endlich legt er sich in Ruhestellung, Schnauze auf die Pfoten. Noch bleiben die Ohren gespitzt, aber sie sind doch schon ein wenig schlaffer und werden bald ganz herunterklappen, wenn der Schlaf kommt. G zieht sich zurück, auf Zehenspitzen. Er muß sich jetzt beeilen.

Im Nu hat er gepackt, das Gewehr auseinandergenommen und das Fernglas in die Hülle gesteckt. Nur die kleine Reiseapotheke behält er griffbereit in der Hand. Dann verläßt er das Haus, verstaut das Gepäck im Wagen und öffnet die Gartenpforte zu der benachbarten Villa. Weit und breit niemand zu sehen. Er manövriert den Peugeot im Rückwärtsgang bis an die Stufen zur Terrasse, öffnet den Kofferraum und richtet mit Hilfe einer Reisedecke zwischen Reserverad und Aktenordnern ein bequemes Lager. Alles läuft reibungslos. Noch ein letzter Rundgang, dann schließt er endgültig die Tür ab zur Villa «Les Tulipes», nicht ohne sich vorsichtshalber noch drei dicke Sandwiches mit Schinken und Butter eingesteckt zu haben.

Nun kommt der schwierigste Teil des Unternehmens. Der Hund liegt inzwischen regungslos da, und G kann ihm ohne weiteres das Halsband abnehmen. Endlich liest er den Namen: Romulus. Na schön, das klingt zwar ein bißchen versnobt, ist aber ganz akzeptabel. G versucht sich zu erinnern, woran ihn der Name erinnert. An irgend etwas Berühmtes aus der Antike, aber ob das ein Hundename war? Nun, egal, er legt das Halsband neben das Verbandszeug und zieht Romulus an den Vorderpfoten in eine günstigere Lage.

«Meine Güte, mach dich nicht so schwer», schimpft er.

Mit der Behutsamkeit eines Chirurgen räumt er die Haare beiseite und inspiziert die Wunde. Die Kugel hat den Hinterlauf durchschlagen, ohne den Knochen zu verletzen, aber das Muskelfleisch ist ziemlich tief verletzt und hat stark geblutet. Alles in allem, kein nicht wiedergutzumachender Schaden. G streichelt dem Tier über den schweren, kraftlos pendelnden Kopf und legt dabei einen der Eckzähne frei. Alles ist schlaff wie ein alter Lappen, auch die sonst so schönen, aufmerksamen Ohren.

Und so etwas wie dich hätte ich töten sollen! Kannst du dir vorstellen, was er da von mir verlangt hat, dieser Monsieur Louis? sagt G in Gedanken zu seinem Hund und wirft einen zerstreuten Blick auf die Leiche des Präsidenten. Was soll's? Männer sind schließlich dazu da, daß sie sterben! Und Monsieur Louis wird's auch erwischen! Verdient hat er's allemal!

Er nimmt ein Arzneifläschchen aus dem Verbandskasten, etwas Watte, eine Binde und eine Schere, mit der er zunächst die Haare rund um die Wunde abschneidet. Er versteht sich auf solche Dinge, und das ist auch nötig bei diesem Außenseiterleben, das er immer geführt hat. Dabei beeilt er sich ein wenig, wenn auch in aller Vorsicht. Ein kurzer Blick auf die Uhr – es ist bald fünf, Mutter Loubeyre wird sicher bald wieder auftauchen.

Plötzlich ertönt eine Fanfare, zweifellos aus dem Musikpavillon unten im Kurpark. Ein echter Glücksfall, denkt G, denn jetzt werden die Kurgäste sich wohl alle dort versammeln. Auch noch die *Schöne blaue Donau*! G beißt die Zähne zusammen. Jetzt ist nicht der richtige Augenblick für solche Vergnügungen. Ein Wattebausch, schön steril, das Pflaster zweimal quer und dann alles fest umwickeln mit der Binde. Es wird nicht einfach sein, den Verband zu wechseln, denkt er, während er seine Erste-Hilfe-Ausrüstung wieder einpackt.

«Aber du wirst mich doch wohl sicher nicht beißen, nicht wahr, Romulus?» sagt er, streichelt lange über den edlen Kopf des Tieres und glättet die schlaffen Ohren.

«Du bist mein Hund», flüstert er, «der erste in meinem Leben. Oh, entschuldige, ich muß dich ja wieder richtig anziehen...» Er legt ihm vorsichtig wieder das Halsband um, «...so, Chef, und jetzt geht's los!»

Trotz seiner eher kleinen Statur ist G sehr kräftig. Er läßt die Tätowierungen auf seinen Armmuskeln spielen, einen Frauenkopf auf dem rechten, eine Möwe auf dem linken Bizeps. Dann setzt er ein Knie auf die Erde, stützt das andere Bein gut ab und schiebt seine Arme unter den Hundeleib, um ihn nach einem Augenblick der Konzentration mit einem Ruck hochzuheben. Sein Kopf läuft rot an unter der Anstrengung, und er stellt fest, daß er es falsch angefangen hat. Aus dem Knie heraus kann er nicht den richtigen Schwung nehmen. Er muß es aus der Hocke versuchen und das Gewicht dabei unterschiedlich auf seine beiden Oberschenkel verlagern. Noch eine kurze Pause, um tief Luft zu holen – endlich, diesmal hat er es geschafft. Der Kopf von Romulus baumelt herunter, seine Pfoten pendeln, als ob sie nicht zu ihm gehörten. G hat das massige Schulterfell vor dem Gesicht und beugt sich ein wenig vor, um festzustellen, wohin er tritt. Mit den Zehenspitzen ertastet er die erste Treppenstufe, dann die zweite. Er verschnauft einen Moment und sucht fluchend nach der dritten Stufe... Da ist schon der Kofferraum. Ein paar schnelle, kurze Schritte mit letzter Kraft, und G läßt seine Last in die vorbereitete Nische kippen. Er ist in Schweiß gebadet, als er sich wieder aufrichtet.

«Noch nie hab ich mir so viel Mühe gegeben», denkt er, «nicht einmal für eine Frau!»

Mit kundiger Hand sorgt er dafür, daß der Hund eine bequeme Lage hat, stützt den Kopf ein wenig mit der zusammengefalteten Decke ab und legt die Pfoten ausgestreckt nebeneinander. Dann kommen ihm erneut Zweifel. Ob das arme Tier wohl genügend Luft haben wird? Und was wird passieren, wenn es unterwegs aufwacht? Oder wenn... wenn... wenn?

«Schluß damit!» sagt er laut vor sich hin, «ich hab getan, was ich konnte...!»

Behutsam und geräuschlos schließt er den Deckel des Kofferraums. Nun kann es losgehen, er ist abfahrbereit. Nur noch eine letzte Runde durch das Haus... Er packt die beiden verbliebenen Sandwiches ein und wirft noch einen Kennerblick auf sein Werk als Einbrecher. Nicht sehr überzeugend! Die Polizei würde nie darauf hereinfallen, und Monsieur Louis schon gar nicht! In spätestens ein paar Stunden wird er wohl die ganze Meute an den Fersen haben. Na, wenn schon, das kann ihm nun auch schon egal sein. Schließlich ist es nicht seine Schuld, wenn diesmal alles aus dem Ruder gelaufen ist!

Er beißt gedankenverloren in ein Sandwich, während er zu dem alten Mann hinüberschaut, für dessen Leiche sich bereits die Wespen interessieren. Einfach ekelhaft! Er inspiziert noch einmal den Wagen und prüft den Sitz des Sicherheitsgurtes um sein Gepäck. Vom Kurpark weiter unten tönt immer noch Musik.

Das Sandwich im Mund, läßt er den Motor an, dreht das Seitenfenster herunter und läßt den Wagen im Leerlauf anrollen. Inzwischen ist es fast sechs Uhr geworden. Er hat keine Kraft mehr, noch irgendwelche konkreten Gedanken zu fassen, dazu ist er einfach zu müde. Die Reiseroute hat er einigermaßen im Kopf: Montluçon, La Châtre, Argenton, Poitiers, Bressuire, Mortagne, Nantes, Redon – und dann ist er schon fast zu Hause. Die Strecke von Poitiers nach Nantes kennt er auswendig, bis zu Argenton und Mortagne ist er sich weniger sicher, aber da nur Nebenstraßen dorthin führen, stehen die Chancen, einer Polizeistreife zu begegnen, etwa eins zu tausend. Monsieur Louis wird vermutlich seine eigenen Truppen mobilisieren und zwei oder drei Mann nach Paris in Marsch setzen, um den Ausreißer zu fangen, ihm die Dokumente abzujagen und in Erfahrung zu bringen, was aus dem Hund geworden ist. Wirklich ungemütlich wird Monsieur erst werden, wenn sich herausstellt, daß

G untergetaucht ist. Aber glücklicherweise weiß niemand von der Existenz dieses Landhauses am Waldrand von Gâvre. An diesem geheimen Zufluchtsort, wo es wenig Nachbarn gibt und wo er alles Notwendige per Telefon im nächsten Dorf bestellen kann, will G mit seinem Hund in völliger Zurückgezogenheit leben. Da soll man sie in Ruhe lassen, Schluß mit den Verträgen!

Er ist jetzt kurz vor Montluçon, und der Weg führt leider ein kurzes Stück durch den Ort. Hoffentlich kommt ihm nicht irgendein leichtsinniger Radfahrer in die Quere! Im Schrittempo fährt er über eine Brücke, während er mit leichter Panik nach den nächsten Hinweisschildern Ausschau hält. Da, La Châtre, 30 Kilometer. Alles in Ordnung. Erleichtert nimmt er das letzte Sandwich in Angriff, aber er hat sich zu früh gefreut. Da stehen sie schon, am Ende einer Haarnadelkurve! Die mobile Bereitschaftspolizei in Helm und Stiefeln, neben ihrem Einsatzwagen wartend, scheinbar friedlich und doch angsteinflößend. Mit dem Sandwich im Mund, fährt G langsam heran. Die Polizisten rühren sich nicht. Offensichtlich halten sie es für ungehörig, einen Autofahrer anzuhalten, der sich gerade einen kleinen Imbiß gönnt und vermutlich fettige Hände hat. G hebt den linken Arm zu einem kurzen Gruß im Vorbeifahren – und schon fängt die verdammte Hand wieder an zu zittern! Sie wird wohl für immer geschädigt sein von dieser Explosion... Wann war das noch? Gestern? Oder vorgestern?... Er erinnert sich nicht mehr. Es muß in einem früheren Leben gewesen sein, in einem Leben vor Romulus...

Er müßte einmal nach Romulus schauen, er macht sich Sorgen um ihn. Sobald sich die Straße erweitert und er eine Standspur entdeckt, wird er anhalten und den Kofferraum kurz öffnen. Direkt hier an der Strecke braucht er keine neugierigen Blicke zu fürchten. Die Leute sind im Nu an ihm vorbei und können bei diesem Tempo unmöglich erkennen, was in seinem Gepäckraum liegt. Kurz vor La Châtre findet er eine Stelle, die seinen Vorstellungen entspricht. Er bremst langsam ab, hält an und läuft zum Kofferraum. Romulus hat sich offensichtlich nicht von der Stelle gerührt. Er sieht aus wie tot. G bleibt fast das Herz stehen. Nein, das kann nicht sein! Das wirst du mir doch nicht antun, mein Hund! G tastet die reglosen Flanken ab, dann den Hals, die Schnauze, die Nase... Sie ist trocken und sehr heiß, aber ein schwacher Hauch streicht über seine Finger, wie der Atem eines Kindes. Ja doch, natürlich, er lebt! Ein guter Hund ist das! Tut eben auch, was er kann…

Jetzt bedauert er doch, nicht eine der Mineralwasserflaschen mitgenommen zu haben. Dann hätte er dem Tier wenigstens das Gesicht ein wenig befeuchten können. Dieses friedlich schlafende Gesicht mit den festgeschlossenen Augen und dem weißen Zahn, der da unter den Lefzen hervorblitzt…

Er setzt sich wieder ans Steuer. Ungeduldig wartet er auf das nächste Dorf, um in irgendeinem Lokal etwas Trinkbares zu kaufen. An einer Raststätte erhält er schließlich eine Flasche Bier – das ist alles, was man ihm dort bieten kann, nachdem man gerade eine ganze Busladung Touristen abgefertigt hat. G steigt wieder in den Wagen, fährt hinter eine Hecke, wo er anhält, etwas Bier auf sein Taschentuch gießt und damit die Nase von Romulus benetzt. Er selbst ist auch sehr durstig, aber er begnügt sich mit einem kleinen Schluck, der Rest aus der Flasche ist für den Hund.

Auf der Weiterfahrt hält er immer wieder an, um die reglose Schnauze des Hundes mit etwas Bier zu befeuchten. Argenton hat er bald erreicht, aber es ist schon ziemlich spät, so daß er sich entschließt, nunmehr den direkten Weg zu nehmen, um diese schreckliche Reise so schnell wie möglich zu beenden. Er ist sich einigermaßen sicher, daß es Monsieurs Leuten nie gelingen wird, ihm auf die Spur zu kommen. Von jetzt an ist er niemandem mehr Rechenschaft schuldig.

Trotzdem läßt seine Wachsamkeit nicht nach, während er sich in seinen Träumen verliert, damit die Zeit ein wenig schneller verstreicht. Kurz vor Poitiers stellt er die Scheinwerfer an. Im Westen hat sich der Himmel bereits abendlich gerötet. Die aufkommende Dunkelheit beruhigt ihn, obwohl ihm klar ist, daß er seit Châtelguyon eine Art Gesetzloser geworden ist für Monsieur Louis. Die Papiere, die er hatte mitnehmen sollen, hätten längst auf dem Weg nach Paris sein müssen, und diese Feststellung bringt ihn auf einen Gedanken, den er bislang verdrängt hat: Monsieur Louis ist für ihn ein Unbekannter, er hat ihn nie gesehen. Damals, vor langer Zeit, hat ihn ein anderer engagiert: der «große Marcel», der Chef eines Varietés am Pigalle, in dem er sehr erfolgreich als eine Mischung aus Zauberkünstler und Scharfschütze aufgetreten war. Die Attraktion bestand darin, daß er seine Partnerin – wenn sie nicht allzu betrunken war – in einer Art Schrank einsperrte, den er dann mit Kugeln durchsiebte. Selbstverständlich kam sie immer wieder unverletzt zum Vorschein, mitunter ein wenig wankend, was allerdings den Effekt nur noch erhöhte...

Endlos und leer zieht sich die Straße. Um diese Zeit sind nicht einmal Lastwagen unterwegs. Sein Rücken wird allmählich ganz steif vor Müdigkeit. Was mag sich wohl hinten im Kofferraum tun? Er wagt nicht, noch einmal nachzusehen. Jetzt ist ihm schon alles egal, und wenn ihm manchmal der Gedanke kommt, daß der Hund inzwischen tot sein könnte, sagt er sich: Auch gut, es gibt schließlich Schlimmeres. In der Vergangenheit war es beispielsweise vorgekommen, daß ihn die eine oder andere Geliebte verlassen hatte, und in solchen Fällen hatte man ihm immer gut zugeredet mit den Worten: eine verloren – zehn neue gewonnen! Das stimmte wirklich, jedenfalls was Frauen anging. Aber Hunde? Und speziell Romulus? Sein Herz verkrampft sich in einem Gefühl von Trauer und Hoffnung zugleich.

Apropos sterben – auch der «große Marcel» ist inzwischen tot, aber vorher hat er ihm noch den Kontakt zu Monsieur Louis hergestellt. Wobei das Wort «Kontakt» eigentlich zuviel gesagt ist, denn zuerst hat Marcel als Mittelsmann fungiert und dabei fünfzehn Prozent Beteiligung kassiert, wie ein richtiger Impresario. Und wenn G einmal Fragen stellte, hieß es lediglich: «Monsieur Louis ist nichts für dich!» Am Ende war G schon fast davon überzeugt gewesen, daß dieser Monsieur Louis gar nicht existierte, aber dann hatte er sich – nach Marcels Tod – selbst bei ihm gemeldet, per Telefon oder über postlagernde Sendungen. Auf diese Weise – und später dann über ein festes Postfach – ist er an seine verschiedenen Identitäten herangekommen und hat es von Mal zu Mal angenehmer gefunden, sich in einer anderen Existenz wie in einem Nebel aufzulösen.

Zur Linken werden die Lichter von Poitiers allmählich immer schwächer, nachdem er ein Gewirr aus drei- und vierspurigen Straßen passiert hat. Solche Strecken muß er meiden, sie können zur Falle werden. G tastet sich vor wie ein Lotse in gefährlichen Gewässern. Zu beiden Seiten der Straße erstreckt sich inzwischen ein Grasland, mit vereinzelten Höfen weit in den Wiesen und einem Sommerhimmel über dem allen, der alle seine Sterne auffunkeln zu lassen scheint, wenn man mit aufgeblendetem Fernlicht die Positionsleuchten an den Kreuzungen passiert. Hinter Mortagne, am Fuße einer langen Hangstrecke, hält G an und schaut nach Romulus, der immer noch wie leblos daliegt. Diese Starrheit ist alarmierend. Aber nein! Die Lage der Vorderpfoten scheint sich verändert zu haben! Aber vielleicht ist nur eine Erschütterung des Wagens daran schuld... Die Nase ist inzwischen nicht mehr heiß, aber viel zu trocken, und die Fahrt dauert noch mindestens drei Stunden! Ob er das noch durchstehen wird?

Man scheint früh schlafen zu gehen, am Stadtrand von Nantes. G muß tanken und entscheidet sich für eine Station mit Selbstbedienung, um sicherzugehen, daß niemand auf die Idee kommt, an seinem Kofferraum zu hantieren. Er macht ein paar Freiübungen, während das Benzin einläuft, aber er fühlt sich immer noch schrecklich steif, als er wieder losfährt. Plötzlich fällt ihm ein, daß er mit völlig leeren Händen auf seinem Hof ankommen wird. Nichts zu essen, nichts zu trinken! Und wenn Romulus aufwachte, würde er dringend etwas zu fressen brauchen... Die Geschäfte sind bereits geschlossen, bleibt nur die Bahnhofswirtschaft. G war früher schon einmal in Nantes und erinnert sich, daß die Hauptstraße zum Schloß führt und der Bahnhof direkt rechts daneben liegt. Die Wirtschaft wird um diese Zeit sicher noch geöffnet sein, geht es ihm durch den Kopf. Er widmet sich diesen Überlegungen mit solcher Aufmerksamkeit, als ginge es darum, ein fast unlösbares Problem zu bewältigen. Er spürt, wie ihn die Müdigkeit zu übermannen droht. Der Schlaf zerrt bereits an den Muskeln seines Gesichts, während er vor sich hin spricht: «Wenn ich doch nur etwas Hundefutter bekäme... dieses Floric... oder Folic... oder heißt es Forlic...?» Um ein Haar hätte er einen geparkten Lastwagen gerammt. In letzter Minute reißt er das Steuer herum und streift ihn nur ganz leicht. Der Schock hat ihn wach gemacht, und er versucht, sich zu erinnern, wie dieses merkwürdige Wort nun wirklich heißt... Richtig! Frolic, das ist es! Natürlich wird's das nicht geben, um diese Zeit, aber vielleicht ein paar Hörnchen oder etwas Sandkuchen... und obendrauf ein kräftiger Schuck Muscadet...

Er ist immer noch ganz vertieft in seine Selbstgespräche, als er plötzlich feststellt, daß er angekommen ist. Der Bahnhof liegt direkt vor seiner Nase und hat auch einen großen Parkplatz zu bieten. Dahinter liegt zwar keine richtige Wirtschaft, sondern eher eine Art

Trinkhalle, aber das soll ihm nur recht sein. Dort wird ihn wenigstens keiner bemerken. Er steigt aus dem Wagen, schließt ihn ab, überquert den Parkplatz und atmet tief durch, um wieder munter zu werden. Die Bar ist menschenleer, bis auf die Bedienung. Croissants gibt es natürlich noch nicht, die werden erst später geliefert. Sandwiches? Ja, die schon. Mit altbackenem Brot und pappigem Schinken. Der arme Hund! Etwas Besseres wird er wohl nicht zu fressen bekommen bis gegen Mittag, wenn sein Herrchen endlich die Zeit haben wird, ins Dorf zu gehen und etwas Milch, Eier und Fleisch zu kaufen. Fleisch für eine gute Suppe mit einem schönen, kräftigen Markknochen…

G trinkt zwei Flaschen Coca-Cola nacheinander, um endlich aus seiner Benommenheit zu erwachen. Allmählich ist sein Kopf wieder klar genug, um ein paar Überlegungen anzustellen. Was hatte dieser Hund eigentlich bei dem Präsidenten zu suchen gehabt? Seltsam, er war viel zu jung für einen so alten Herrn, und offensichtlich auch noch völlig unerzogen, was man an der Art und Weise hatte sehen können, wie er vor Begeisterung an dem Mann hochgesprungen war. Der Präsident hätte sich wohl kaum einen so anstrengenden Gefährten für seine einsamen Stunden ausgesucht… und was mochte wohl in diesen Akten stehen? Am liebsten würde er sich gleich darüber Gewißheit verschaffen, aber auf jeden Fall war irgend etwas faul an der ganzen Angelegenheit, und er würde sie bis in alle Einzelheiten durchgehen müssen, um den Haken an der Sache zu finden. Und dieser Haken war zweifellos Romulus, denn schließlich durfte er nicht vergessen, daß er auf der Flucht war! Daß das Verbrechen zu dieser Stunde bereits die gesamte Presse in Aufruhr versetzte und vielleicht sogar schon im Radio davon die Rede war.

Seine Energie ist wieder erwacht, und er beeilt sich, zum Wagen zurückzukommen. Weit und breit keine Menschenseele. Er öffnet den Kofferraum. Romulus hat sich zweifellos bewegt. Er ist zwar immer noch ganz betäubt von den Tabletten, hat aber offenbar sein verletztes Bein angezogen. G fühlt, wie ihm ganz warm ums Herz wird, und er hört sich laut sagen: «Nur noch drei Stunden – dann sind wir zu Hause.» Es klingt wie eine Herausforderung an den Rest der Welt.

Die Strecke führt jetzt durch den Wald, und die Luft, die durch das geöffnete Seitenfenster dringt, riecht nach Holz, nach zertretenem Laub und nach Pilzen. Nach all diesen aufregenden Düften, die dem so heimtückisch wundgeschlagenen Tier hinten in seinem Wagen neues Leben und neue Daseinsfreude geben werden! G hat plötzlich auch Lust, ein Wolfshund zu sein und von Romulus etwas zu lernen, das er sich nicht so recht erklären kann und bisher immer geringgeachtet hat: zu spüren, daß man lebt und daß es sich zu leben lohnt.

Er genießt das rauschhafte Gefühl, mit hohem Tempo über vertraute Wege zu fahren. Jetzt wäre es schön, wenn Romulus neben ihm sitzen könnte, wie ein Beifahrer, der ihm die Landschaft zeigt. «Sieh mal, der Holzstapel, da unten hinter der Kurve... da biegen wir ab nach Vilaine. Du weißt doch, da gibt's diesen herrlichen Fluß! Und wenn du erst die Fische siehst da drin...!» Dann würde G lachen und hinzufügen: «Von den Kaninchen gar nicht zu reden! Ich sage dir, Chef, du wirst dich königlich amüsieren! Da, gleich sind wir da! Siehst du das niedrige kleine Gebäude da? Das gehört uns, mein Alter. Hier bist du zu Hause!»

5

Das Haus ist ein niedriger, langgestreckter Bau aus Granitgestein mit einem vorgezogenen Schieferdach. Es macht insgesamt einen eher düsteren Eindruck, trotz des Efeus, der einen Teil der Mauern bedeckt und erfreulicherweise auch die beiden Mansardenfenster umrankt.

G vergißt einen Moment lang seinen Hund und macht einen raschen Rundgang um sein Anwesen. Die Fensterläden scheinen unberührt, auch die Türen sind in dem Zustand, in dem er sie hinterlassen hat. Einbrecher kommen in dieser Gegend glücklicherweise nicht vor, der einzige Feind, den ein Hausbesitzer zu fürchten hat, ist das Wetter. Die Sonne, die den Anstrich bleicht, der Rost, der an den Scharnieren und Schlössern nagt, und der Regen, der sich Tropfen für Tropfen durch die winzigsten Lücken des Dachschiefers zwängt. G kann alle notwendigen Reparaturen selbst ausführen, er ist nicht gerne angewiesen auf die Hilfe des Tischlers aus dem Dorf. Auch den kleinen Garten bestellt er selbst, in der Zeit, die ihm zwischen seinen Aufträgen bleibt. Die Buchsbaumhecke beschneidet er ebenfalls allein.

Während er seinen Kontrollgang beendet, sucht er in seinen Taschen nach dem kleinen flachen Schlüssel für das Sicherheitsschloß. Dann öffnet er die Tür, völlig lautlos. Eine reine Vorsichtsmaßnahme, die ihm seit seinen Kindertagen zur Gewohnheit geworden ist, wenn er den Vater nicht aufwecken wollte, der sich mit jedem anlegte, wenn er getrunken hatte.

Durch die Dunkelheit tastet er sich vor und öffnet die Fensterläden. Das Tageslicht fällt in ein Eßzimmer, das rustikal möbliert ist und zu dessen bretonischem Stil auch verschiedene Fayencen aus Quimper gehören, unter anderem die Büste eines Fischers, die mitten auf dem Eßtisch prangt. G zwinkert ihm freundlich zu. Alles ist an seinem Platz, er hat das Gefühl, endlich wieder zu Hause zu sein und sich mit dem kleinsten Griff automatisch zurechtzufinden. Zuerst wird der Stromzähler eingeschaltet, dann die Küchentür geöffnet, die knarrend den Weg zum Garten freigibt. Das matte Licht des frühen Morgens erhellt nun das ganze Erdgeschoß. Die Mansarden wird er später in Augenschein nehmen. Dort oben, unter dem Dach, schläft er in einer schmalen Schiffskoje, die er bei einem Trödler in Saint-Nazaire erworben hat. Angenehme Erinnerungen gehen ihm durch den Kopf, und der Gedanke stimmt ihn froh, daß der Hund die Fahrt überstanden hat und sich sehr bald wohl fühlen wird in seinem schönen neuen Zuhause. Aber wo soll er ihn überhaupt unterbringen? Vorläufig wohl am besten in der Küche. Dort wird es ihm nicht zu warm werden, und er wird jederzeit nach draußen können, wenn er Bewegung braucht – was sicher der Fall sein wird, denn schließlich wird er wohl bald wieder laufen können.

Er geht in die Diele, nimmt den gemütlichen weichen, alten Überzieher von einem der Garderobenhaken, die zu beiden Seiten eines Kupferstichs mit dem Mont Saint-Michel angebracht sind, und breitet den Mantel liebevoll zwischen der Pendeluhr und dem kleinen Abstelltisch für das gespülte Geschirr aus. Das scheint ihm der beste Platz zu sein, jedenfalls würde er sich für diese Ecke entscheiden, wenn er ein Wolfshund wäre. Mit dem Handrücken prüft er noch einmal, ob die Unterlage auch dick genug ist. Ja, so wird es wohl gehen. Jetzt braucht er das verletzte Tier nur noch zu holen. Und natürlich die Türen offen zu lassen, denn er wird kaum die Hände frei haben, um sich Durchgang zu verschaffen.

«Na, wie geht's, mein Alter?» fragt er, nachdem er den Kofferraum geöffnet hat.

Romulus ruckt ein wenig mit dem Kopf. Allmählich aus seiner Bewußtlosigkeit erwachend, zieht er die Lefzen ein wenig hoch. Die Reaktion ist so schwach, daß sein Zustand immer noch recht beunruhigend wirkt.

«Aber, aber», versucht G zu scherzen, «böse werden kannst du später noch! Nun komm erst mal her.»

Es ist keine Kleinigkeit, den Hund aus der engen Lücke zu heben, in der sein Körper zusammengepfercht war. Um besser an ihn heranzukommen, entfernt G zunächst das Reserverad, dann packt er mit der einen Hand eine Pfote, mit der anderen den Schwanz, stützt sich mit dem Fuß auf der Stoßstange ab und fängt an, ruckweise zu ziehen. Er ist hochrot vor Anstrengung, und der Anblick des baumelnden Hundekopfes, der gegen die Metallkanten schlägt, zerreißt ihm fast das Herz. Endlich bekommt er den Körper zu packen. Die Last gibt nach, reißt sich wieder los, bis es schließlich gelingt, sie herauszuheben und auf das Gras zu legen. Schwer atmend wischt sich G den Schweiß vom Gesicht und sagt keuchend:

«Das ist das Schlimmste, ich weiß. Aber mach dir keine Sorgen, ich werd dich schon wieder hinkriegen.»

Dann beginnt das Manöver von vorn. Sich bücken und wieder aufrichten, mit dem schweren Tier auf den Armen zum Haus gehen, durch die Tür bis zur Küche, die Hundedecke genau anpeilen, auf die Knie gehen, das Tier vorsichtig herunterlassen, es schön flach hinlegen, seine Ohren zurechtknicken, Maul und Nase abtasten – und endlich verschnaufen, mit dem Rücken an der Standuhr.

«Ich glaube, das wär's!» seufzt G, aber im nächsten Moment ist er schon wieder auf den Beinen. Wasser muß her, und zwar schnell! Eilig füllt er etwas Wasser in einen Topf – wobei er sich dazu beglückwünscht, das Haus rechtzeitig an die Leitung angeschlossen zu haben –, faltet ein Handtuch auseinander, das er aus dem Küchenschrank genommen hat, und macht es gut naß. Dann hockt er sich nieder, um dem Tier das Gesicht zu waschen, ihm die Augen zu befeuchten und ein paar Tropfen zwischen die Zähne zu träufeln.

Romulus streckt die Zunge weit aus dem Maul, hechelt ein wenig – und plötzlich begegnen sich ihrer beider Blicke. Herr und Hund, Auge in Auge. Das Gesicht des Mannes scheint Romulus bekannt vorzukommen. Er stößt ein dünnes kleines Stöhnen aus, das ganz hinten aus der Nase zu kommen scheint wie das Bellen eines jungen Hundes, der sich selbst Mut machen will.

«Ruhig, ganz ruhig!» sagt G und streichelt das rauhe Hundefell.

Den Kopf schon halb erhoben, betrachtet Romulus die fremde Gestalt, die ihm vom Geruch her weit vertrauter ist als vom Aussehen. Dann legt er mit einemmal seine Schnauze in die Hand, die seinen Kopf stützt, und schließt langsam seine Augen.

«Schlaf, mein Guter, schlaf dich aus!» flüstert G, bevor er sich wieder aufrichtet. «Wir sind jetzt gute Freunde.»

Er spürt instinktiv, daß der Hund ihn akzeptiert hat. Zwar hat er noch keine Erfahrung gemacht mit eigenen Tieren, statt dessen jedoch das Gefühl völliger Vertrautheit mit ihnen während der nicht enden wollenden Jahre seiner Kindheit, und wenn er es recht bedenkt, stellten die Löwen, die Geparden, der Panther, die drei Giraffen und das Kamel für ihn eine Art Frontkameraden dar, so etwas wie die letzten Überlebenden eines Krieges – wenn er auch nicht genau wußte, welchen Krieges. Und in diesem Sinne war Romulus ein Rekrut, einer dieser jungen Burschen, die unvermittelt aus ihrer kleinen Welt von Streicheleinheiten und Leckerbissen herausgerissen und in eine Welt gesteckt werden, in der jeder auf jeden schießt, ohne das geringste Mitleid. Man wird ihm begreiflich machen müssen, daß das Leben gefährlich ist und daß man nur eine Möglichkeit hat, ungeschoren davonzukommen: dem zu gehorchen, der die Regeln kennt...

«Du stinkst nach Bier, armer Alter», sagt G. «Fehlt nur noch, daß du Flöhe hast. Dann geht's aber ab ins Tierheim... Nun laß mal sehen, wie dein Bein aussieht.»

Der Verband hat gut gehalten. Während G ihn löst, um ihn zu erneuern, stößt der Hund im Schlaf einen schwachen Protestlaut aus, einen flehenden, durchdringend hohen Ton.

«Ich muß doch sehr bitten», tadelt G, «du bist doch kein kleines Mädchen! Und jetzt halt dich gut fest! Ich werd dir ein paar Haare ausreißen müssen.»

Als er die Mullkompresse abnimmt, tritt ein wenig frisches Blut aus der Wunde. Das Bein fängt an zu zappeln, und der mächtige Leib scheint sich aufrichten zu wollen. G tastet die Muskeln um die Schußwunde ab. Nichts Ernstes, sie sind nicht besonders stark angeschwollen.

«Zwei Wochen Ruhe», verordnet G, «und keinen Verband mehr. Das wird an der Luft heilen. Na schön, hinterher wirst du vielleicht ein bißchen hinken, und das nehm ich mir ganz schön übel. Aber ich hab den Schuß einfach nicht mehr zurückhalten können...»

Er hockt sich auf seine Fersen, während er dem Hund erklärt:

«Meine linke Pfote, weißt du, sie will einfach nicht mehr so recht...»

G spürt, daß es gut ist, wenn er ganz leise weiterspricht, wenn er das verängstigte Tier mit dem Klang seiner Stimme einlullt. Einer Stimme, die sich wie eine schützende Hülle um Tier und Mensch legt und die vertraute Wärme einer Höhle schafft... Er nimmt die Pfeife, den Tabaksbeutel und das Feuerzeug aus der Tasche und fängt an zu rauchen, während er immer weiterspricht:

«Weißt du, du hast deine Zähne. Und ich, ich hatte meine Hand. Schau sie dir ruhig an. Ich weiß, ich bin jetzt ziemlich müde, aber du brauchst mir nichts vorzumachen – sie hat den Tatterich. Ich sage dir, ich wäre nicht mal imstande, ein Kaninchen zu treffen, wenn ich auf die Idee käme zu jagen! Wie das gekommen ist? Gute Frage! Ich glaube... ja, wie soll ich das sagen? Es gab einmal Dinge, an die ich geglaubt habe, und dann hat das aufgehört. Das verstehst du nicht? Mach dir nichts draus, ich auch nicht... Stell dir einfach einmal vor, du würdest auf einmal kein Fleisch mehr mögen... Nun, so ungefähr ist das bei mir... (er lacht) ...Und jetzt bist du da und hast das Fleisch für mich sozusagen ersetzt... Ach, überhaupt, das Fleisch! Entschuldige, ich habe ganz vergessen, Julien Bescheid zu sagen, daß wir da sind!»

Schweigend wirft er noch einen Blick auf den Körper des Hundes, der sich im Tiefschlaf auf und ab wiegt, mit einem gelegentlichen leichten Zittern um die Lider und die Mundwinkel. G erhebt sich ganz leise und geht in den Raum, der gegenüber vom Eßzimmer auf der anderen Seite der Diele liegt. Eine Art Büro, aber in Wahrheit mehr eine Rumpelkammer, in der sich G am liebsten aufhält, wo er bastelt, tischlert und seine Angelschnüre aufzieht. Dort hat er auch das Telefon installiert, um es immer bei der Hand zu haben. Es steht in einer kleinen Nische neben der Hobelbank. Er nimmt den Hörer ab und wählt eine Nummer.

«Hallo, bist du's, Julien? ... Ja, ich bin heute morgen angekommen. Nein, nicht allein, ich hab einen Hund mitgebracht. Er gehört einem Freund, aber das erzähl ich dir später. Im Augenblick wäre ich dir erst mal dankbar, wenn du mir deinen Gehilfen mit etwas Eßbarem schickst... Also, ich würde sagen: ein Stück Rinderbraten, ein paar Koteletts, ein Stück Haxe und ein paar anständige Knochen... Aber, vergiß nicht, es handelt sich um ein ziemlich großes Tier, einen Wolfshund, und den kann man nicht mit einem Appetithäppchen abspeisen. Ich werd dann demnächst selbst mal im Dorf vorbeischauen. Wie meinst du? ... Ja, ich werde sicher eine Weile bleiben. Also, danke und bis dann!»

Nach dem Metzger ist der Lebensmittelhändler dran. G nennt ihn bei seinem Vornamen, Fernand, weil das in dieser Gegend so üblich ist, und gibt ihm eine lange Liste durch.

«Du scheinst dich ja auf eine längere Belagerung einzurichten!» witzelt Fernand.

Die Bemerkung weckt ein höchst unangenehmes Echo in G, und er protestiert sofort:

«Kein Gedanke! Ich habe nur vor, den ganzen Sommer hier zu verbringen.»

«Ich werd jedenfalls den Lieferwagen schicken. Heute vormittag noch.»

«Und sonst? Was gibt es Neues?»

«Nichts! Oder doch, etwas schon! Der Pfarrer ist gestorben. In seinem Beichtstuhl. Zuerst haben alle geglaubt, daß er schläft – denkste! Wird dich nicht besonders interessieren, aber falls du auch noch über den Rest Bescheid wissen willst: Es ist schon ein Ersatz da, ein kleines junges Kerlchen. Also, wenn du so was auf dem Moped vorbeibrummen siehst, dann wunder dich nicht!»

«In Ordnung», sagt G, «also dann, bis später.»

Er meldet sich noch hier und da zurück, um die alten Kontakte wiederherzustellen. Auf diese Weise will er sich selbst davon überzeugen, daß sein Aufenthalt hier von längerer Dauer sein wird. Er möchte sich dieses Gefühl von Frieden erhalten, das er im Moment empfindet und das er kaum mit dem Wort Glück zu umschreiben wagt.

Auf Zehenspitzen geht er zurück in die Küche. Eine unnötige Vorsicht, denn Romulus ist bereits wach, hat sich auf seine heile Hinterpfote gesetzt und überwacht die Tür. Auf seine Vordertatzen gestützt, den Kopf leicht gesenkt und die Ohren gespitzt, schaut er G mißtrauisch an und holt dann die heraushängende Zunge ein, um ein kurzes Bellen von sich zu geben. Eine Art knapper Begrüßung, die zu nichts verpflichtet.

«Hallo», sagt G leise, «ich bin's nur...»

Vorsichtig bewegt sich der Schwanz, aber an dem kurzen Hecheln ist zu erkennen, daß die Angst noch nicht ganz vorüber ist. Ganz selbstverständlich geht G auf Romulus zu, streckt die Hand aus, und sofort ist der Hund ganz außer sich vor Freude. Trotz seiner Verletzung zappelt er aufgeregt und versucht, auf G zuzukriechen, die noch immer ein wenig blutende Hinterhand nachziehend. Begeistert leckt er alles ab, was sich ihm entgegenstreckt, die Hände, das Gesicht, und versucht sogar, sich trotz seiner Schmerzen aufzurichten, um sich anzuschmiegen an den Meister, an den Herrn, den er endlich gefunden hat.

«Ruhig, ruhig! Sei schön brav... leg dich wieder hin!» befiehlt G und stellt fest, daß Romulus wohl noch manches lernen muß. Offenbar hat ihn der Züchter direkt nach der Entwöhnung von der Mutter und ohne die geringste Dressur an den Präsidenten weitergegeben. Es ist zwecklos, ihm den Befehl zu geben «Bei Fuß!» – Romulus gehorcht nicht, weil er es nicht besser weiß. Um so besser, dann werde ich für ihn eben der erste Herr sein, denkt G, packt das Tier am Halsband und zwingt es zurück auf seine Decke.

«Platz! Da bleibst du!»

Romulus läßt sich auf die Seite fallen, hält aber den Kopf halb hoch, um die Bewegungen seines Herrn zu verfolgen. Dieser hocherhobene Zeigefinger muß bedeuten, daß er sich ruhig verhalten soll, sonst... Romulus legt sich friedlich zurück, aber kaum macht der Meister Anstalten, von ihm wegzugehen, ist er schon wieder auf den Beinen. Er kann nicht anders, obwohl das Bein sehr weh tut.

«Platz!»

Das klang aber sehr zornig! Romulus wagt ein kleines Wuff! Unter Wolfshunden ist es zwar üblich, daß der Stärkere das letzte Wort behält, aber man wird doch noch melden dürfen, daß man nicht einverstanden ist!

«Ich bin gleich wieder da», verspricht G. «Ich muß nur noch den Wagen unterstellen.»

Es ist völlig klar, daß er den Mietwagen mit dem Pariser Kennzeichen nicht dauernd vor dem Haus stehenlassen kann. Über kurz oder lang würde man sich im Dorf darüber wundern. Und wenn der Hund nicht wäre, würde er einfach nach Nantes fahren, den Wagen auf irgendeinem Parkplatz abstellen und bei AVIS anrufen, um ihn abholen zu lassen. Das wäre die korrekteste Lösung, und G ist sehr korrekt, trotz des Lebens, das er führt und das von so vielen Zufällen bestimmt ist. Sitten und Bräuche, die sind ihm gleichgültig, aber Gesetze müssen respektiert werden! Das Dumme ist nur, daß Romulus noch nicht allein bleiben kann. Er würde sich verlassen fühlen und Krawall schlagen. So wie jetzt gerade. Er tobt wie ein Wilder hinter der geschlossenen Tür, bellt und jault aus Leibeskräften. Mal ganz dunkel, heiser und wütend, mal in hohen, flehenden Tönen. Offenbar ist er noch zu jung, um zu wissen, wie ein echter Wolf den Mond anheult, aber er wird wohl nicht lange brauchen, um diese Töne zu lernen und seinen Meister damit zu strafen. G beeilt sich also mit dem Wagen, fährt ihn rasch hinter das Haus und parkt ihn auf dem Platz zwischen Küche und Garten. Hier ist er von der Straße aus nicht zu sehen.

G weiß, daß er jetzt den großen bösen Herrn spielen muß. Die Hand auf der Klinke, ruft er von draußen drohend durch die Küchentür:

«Na, was höre ich denn da?»

Augenblicklich verstummt der Hund, wie ein gescholtenes Kind. Man hört seinen Atem durch die Türritze, dann fängt er an zu kratzen.

«Hörst du wohl auf, du dummer Kerl! Du wirst dir noch weh tun!»

G tritt ein, und die große Ableckerei beginnt von vorn.

«Aufhören! Es reicht!» beschwert sich G. «Wenn man so hinkt wie du, sollte man Ruhe halten. Also, ab in deine Ecke! Und zwar schnell!»

Romulus scheint schnell zu begreifen. Er ist schon auf dem Rückzug, als G ihn noch einmal ruft:

«Augenblick! Erst wird gepinkelt! Da du ja unbedingt laufen willst – marsch in den Garten mit dir!»

Da sein Meister bei ihm ist, gehorcht Romulus sofort und dreht, auf drei Beinen hüpfend, eine Runde durch den Garten. Als er zurückkommt, klopft ihm G lobend auf die Schulter:

«Sehr gut! Und jetzt, Chef, geht's ab in die Heia! Sobald der Metzger hier war, werd ich mich um dein Fressen kümmern. Und daß du mir ja nicht bellst, wenn er auftaucht! Sonst erzählt er noch im ganzen Dorf, daß ich 'ne wilde Bestie mitgebracht habe.»

Romulus hält sich an die Abmachung. Er steht zwar auf, als er plötzlich eine unbekannte Stimme in der Diele hört, aber er bellt nicht, sondern schnieft nur ein wenig durch den unteren Türspalt. Als er merkt, daß die Gespräche auf der anderen Seite kein Ende nehmen, wird es ihm zu langweilig, und er legt sich hin, direkt hinter der geschlossenen Tür. Kaum ist dieser Besucher gegangen, kommt schon der nächste, aber Romulus ist ganz zufrieden. Es macht ihm nichts aus, wenn die Zeit vergeht, solange die Luft nur voll ist von dem wohltuenden Geruch, den sein Meister ausströmt und den er aus allen anderen herausriecht, selbst aus diesen durchdringenden Duftnoten nach frischer Erde.

Während Romulus vor sich hindöst, macht G den Beutel mit dem Gemüse wieder zu und begleitet den Lebensmittelhändler nach draußen.

«Vergiß nicht, mir morgen auch den Kaffee und den Zucker mitzubringen. Ach ja, Fernand, eh ich's vergesse! ... Wenn du mir vielleicht auch etwas Pal oder Frolic besorgen könntest. So etwa ein Dutzend Büchsen für den Anfang. Man muß sich schließlich gutstellen mit diesem Burschen... Also dann, adios! Und vielen Dank!»

Als G die Küche wieder betritt, möchte Romulus am liebsten einen Freudentanz machen, kann sich aber eben noch zurückhalten. Der Meister riecht so gut, nach rohem Fleisch, nach Karotten und Lauch, nach lauter guten Sachen. Romulus würde sich jetzt auch gerne auf die Hinterbeine stellen können, die Vordertatzen auf den Küchentisch legen und alles überwachen – aber das ist einfach zu schwierig. Es war ihm leider unmöglich, dem Meister beim Auspakken zu helfen, aber wenigstens konnte er ihm um die Beine streichen und sich ein wenig in Erinnerung bringen. Ein bißchen Betteln schadete ja nichts, wenn man's nicht übertrieb, und siehe da! Schon fiel ein schöner Brocken saftiges Fleisch von da oben... Er schnappt ihn im Flug, und im Nu ist der Bissen verschwunden, so daß Romulus sich schon fragt, ob er ihm nicht vielleicht entwischt ist, und – während er sich noch das Maul leckt – den Boden abschnüffelt, in der Hoffnung auf ein Wunder.

«Verfressenes Vieh!» sagt G. «Wart's doch ab, gleich gibt's ja mehr! Drängel doch nicht so... Da, fang auf!»

Etwas Weißes, Knorpeliges kommt da runtergesegelt. Das knackt so schön zwischen den Zähnen, dafür muß man sich Zeit nehmen... Romulus hockt sich hin und nimmt die Köstlichkeit zwischen seine Vorderpfoten, um sich mit seinen mächtigen Zähnen darüber herzumachen, den Kopf auf die Seite gelegt und die Augen geschlossen. Aha, da steckt ein Knochen in diesem saftigen Bissen... Romulus zieht sich auf sein Lager zurück, um sich in aller Ruhe diesem Knochenrest widmen zu können. Er leckt so lange daran herum, bis es glänzt wie ein Stück Elfenbein. Dann legt er eine kurze Pause ein, um zu überwachen, was der Koch vor seinen Töpfen treibt.

«Fang auf!»

Das ist ein Befehl, den er auf Anhieb verstanden hat. Mit der Geschicklichkeit einer Robbe, die einen Ball auffängt und jongliert, läßt er Kopf und Hals vorschnellen und schnappt zu. Ohne recht zu kauen, schlingt er den Bissen hinunter und macht sich wieder über seinen Knochen her, ein Ohr immer in Richtung zu dem Tisch, wo gerade die köstlichsten Dinge entstehen.

«Das sind Reis und Nudeln», erklärt der Meister, «die mußt du nämlich auch haben.»

Auf die Gefahr hin, die angenehmen Gerüche zu verderben, die an seinen Fingern haften, wäscht sich G die Hände und zieht sich in das Zimmer zurück, in dem er sein Gepäck abgestellt hat. Romulus ist unschlüssig, ob er ihm folgen soll, doch den Meister nur zu hören und die Reste der guten Düfte zu riechen, ist beruhigend genug. Das Band der Liebe ist nicht zerrissen, außerdem scheint sich in den Rillen dieses Knochens noch so manches Interessante zu verstecken, das es unbedingt zu erforschen gilt.

So hat G endlich die Muße, seine Sachen auszupacken und in den eigenhändig gebauten Schränken unterzubringen. Revolver und Fernglas landen in einer Schublade, zusammen mit dem Nylonseil und dem Verbandskasten, darüber dann die Wäsche. Dann überlegt er, was er mit dem Gewehr anfangen soll. Vermutlich hat Romulus die Waffe, die ihn verletzt hat, noch kurz vorher gesehen, und wahrscheinlich wäre alles aus zwischen ihnen beiden, wenn ihm dieses erschreckende Bild jetzt noch einmal vor Augen käme. Also weg mit dem Gewehr; andrerseits...

Er setzt sich auf die Kante seiner Hobelbank. Sich so mit einem Schenkel auf irgendein Möbel zu stützen, ist eine seiner liebsten Sitzpositionen, wenn er nicht gerade die Hocke bevorzugt, um besser nachdenken zu können. Und das scheint ihm jetzt, am Ende dieser großen Fahrt, besonders wichtig. Während er seine Pfeife stopft, konzentriert er sich ganz auf eine nüchterne Analyse der gegenwärtigen Lage: Die Polizei tappte vermutlich noch im dunkeln und stellte Nachforschungen an über den Präsidenten, über den Makler, der die Villa vermietet hatte, und über das rätselhafte Verschwinden des Hundes. Das alles würde viel Zeit in Anspruch nehmen, zumal der Ferienmonat August für eine sorgfältige Untersuchung nicht gerade der ideale Zeitpunkt war. Von dieser Seite her war also, wenn überhaupt, mit einer ernsthaften Gefahr nicht zu rechnen. Monsieur Louis war die eigentliche Bedrohung. Ohne etwas Genaues über dessen Möglichkeiten zu wissen, hatte G doch immer den Eindruck gehabt, als sei Monsieur Louis über alles und jeden bestens im Bilde und repräsentiere mit seinen Computerdaten eine Art fortschrittlichen Erpressertyps. In diesem Augenblick fahndete er wahrscheinlich – natürlich ohne Wissen der Polizei – nach den Akten des Präsidenten, die G an das Postfach einer gewissen Evelyne Mercadier hatte senden sollen. Und es gab keinen Zweifel daran, daß er sich diese Papiere nötigenfalls mit Gewalt beschaffen würde! Was war also zu tun? Sollte er verhandeln? Die Akten eintauschen gegen ein Leben in Sicherheit und Freiheit? Sicher würde Monsieur ihm alles mögliche versprechen, aber leider war auf sein Wort kein Verlaß. Sollte er also hierbleiben und auf den Sturmangriff von Monsieurs Killern warten? Oder sollte er rechtzeitig fliehen? Aber wie? Mit einem Hund, der hinkte und den schon allein wegen seiner Größe jeder bemerken würde!

Es gab nur eine Lösung – als erster anzugreifen. Aber wen und wie? Nein, das ging auch nicht – und doch... Immer stolperte er über dieses «und doch», was nichts anderes bedeutete, als daß sich Romulus plötzlich wieder in seine Gedanken schlich. Mit dieser Art, ihm geradeaus in die Augen zu schauen, so unfähig zu jeder Hinterlist, daß man... ach, es war schwer, sich das einzugestehen...

daß man sich schämen mußte, so vertrauensvoll geliebt zu werden! Daß man ihm am liebsten sagen würde: Es tut mir leid... alles tut mir leid. Vor allem, daß ich dir weh getan habe, weißt du, aber auch, daß ich so bin, wie ich bin. Ich möchte Rache nehmen, für uns beide, denn ich bin eigentlich auch nur ein armes Vieh, genau wie du. Nur wegen dieses Mannes – und deshalb muß er vernichtet werden!

G lauscht auf die Geräusche hinter der verschlossenen Tür... Wer schnüffelt denn da? Aha, Romulus will mir also mitteilen, daß er mit seinem Knochen fertig ist. Und ich bring es nicht einmal über mich, ihm zu sagen, daß er mich in Ruhe lassen soll! Es wäre nämlich einfach nicht wahr. Die Ruhe ohne ihn wäre bei weitem schlimmer als die Ruhe mit ihm – und deshalb werd ich ihm wohl die Tür aufmachen müssen...

«Na, komm schon! Und leck mich nicht schon wieder ab! Immer diese Küsserei!»

Noch ein Blick auf die Hobelbank, wo die Tasche mit den Akten liegt. Sie muß warten, bis Romulus sein Fressen gehabt hat. Wenn der Hund dann schläft, wird er genügend Zeit haben, sich die Papiere genauer anzusehen.

«Zu Tisch, Chef! Ich hoffe, daß mein Braten jetzt fertig ist.»

Das erste gemeinsame Essen in der Küche. Romulus sitzt am Boden, dicht neben seinem Herrn. Das verletzte Bein muß ihm noch sehr weh tun, aber er hat den Kopf hochgereckt und überwacht jeden duftenden Bissen, den der Meister zum Munde führt. Von Zeit zu Zeit holt er seine heraushängende Zunge ein, als wolle er sie verschlingen, aber dann schnuppert er nur ein wenig an seiner Wunde, die allmählich schon verheilt. Danach bezieht er wieder seinen Wachposten. G legt zwar immer wieder ein paar Brocken für den Hund auf einen Teller, aber Romulus sieht seinen eigentlichen Platz, um die verlockenden Düfte dieses Festmahls zu genießen, doch hier am Tisch, zu Füßen seines Herrn, und jedesmal wenn ein wohlriechender Bissen an ihm vorbeizieht, wedelt er mit dem Schwanz, schnüffelt mit zitternder Nase und hebt die linke Pfote bittend zum Knie des Meisters.

«Ruhe, immer mit der Ruhe!» sagt G, tastet mit seiner freien Hand nach dem Kopf des Tieres, glättet mit den Fingerspitzen das weiche Fell an den Ohren, die sich ganz flach machen unter der liebevollen Berührung, und streicht über die zuckenden Lider der sich hingebungsvoll schließenden Augen, die sich schließlich wieder öffnen zu einem Blick voller strahlender Wärme. G ist nicht länger allein, und dieses Gefühl ist für ihn völlig neu. Ihm kommt in den Sinn, daß er noch Senf bestellen muß und ein paar Kleinigkeiten für ein Picknick, da der nahegelegene Wald zu langen Spaziergängen geradezu einlädt. Natürlich auch Dosenfutter, jede Menge, um den immer größer werdenden Appetit dieses heranwachsenden Vierbeiners an seiner Seite befriedigen zu können. Gleichzeitig fragt er sich, warum er nicht schon früher daran gedacht hat, sich einen Hund anzuschaffen. Aus Bequemlichkeit wahrscheinlich. Er ist zuviel unterwegs, und man kann einen Hund nicht einfach in einer Pension abliefern wie ein Auto, das man auf einem Parkplatz abstellt. Außerdem, für welche Art von Hund hätte er sich entscheiden sollen? Die meisten dieser hochgezüchteten und aufgeputzten Viecher findet er einfach abscheulich, aber am schlimmsten sind für ihn all die Frauen, die sich Schoßhündchen halten, sie verhätscheln und wie ein Spielzeug aus der Puppenstube behandeln. So etwas paßt nicht zu ihm, denn er war immer eine Art Rudelführer. Das war wohl auch der Grund, warum sie beide, Romulus und er, sich gesucht und gefunden hatten.

Er hält seinem Hund ein köstliches Stück von der Bratenschwarte hin, ohne weiter hinzuschauen. Das ist auch beileibe nicht nötig, denn das Hundemaul hat nur darauf gelauert. Ein kurzes Klack, als ob ein Brillenetui geschlossen würde – und der Happen ist verschwunden. Nur nicht so hastig, das muß er noch lernen... Seltsam, wenn man plötzlich merkt, daß es gar nicht mehr immerfort heißt «ich, ich, ich», sondern «er»! Wie ein Schatten stiehlt sich die Gegenwart des anderen in jeden Gedanken und vertreibt das schmerzende Gefühl der Teilnahmslosigkeit. «Wenn ich jetzt auf einmal milde werde», denkt G, «dann kann ich einpacken! Und das alles nur, weil ich Pech gehabt und das Ding vermasselt habe. Jetzt hab ich ihn am Hals. Stimmt doch, daß ich dich am Hals hab, was, du kleiner Lauser?»

Er krault Romulus' Stirn, fährt ihm über die Sorgenfalte, die sich von den Ohren bis zur Schnauze herunterzieht. Seine Hand findet sich von allein zurecht. Wenn sie auch vielleicht kein Gewehr mehr halten kann, so hat sie sich doch sofort ausgekannt in diesem großen gutmütigen Gesicht, das sich wie entrückt den Liebkosungen des Meisters hingibt. Eine drollige Art von Zwiegespräch ist das, zwischen diesem Mann, der sich scheinbar gar nicht von seinem Essen ablenken läßt, und dem Hund, der so aussieht, als höre er ganz aufmerksam zu, um sich auch das Unausgesprochene nicht entgehen zu lassen.

Dann ist es Zeit für das Dessert, das heißt für die Pfeife. Romulus ist nicht besonders begeistert von dem Spiel mit den Streichhölzern und von diesem Tabakqualm, der ihn zum Niesen bringt, mit einer Miene, die fast ein wenig vorwurfsvoll wirkt. Schließlich eine Runde durch den Garten, um sich etwas Bewegung zu verschaffen.

«Na, sag mal, du hinkst ja immer mehr! Komm her, laß mich mal nachschauen!» befiehlt G und zwingt Romulus, sich auf seine Decke zu legen. Vorsichtig tastet er den verletzten Hinterlauf ab, während der Hund ein schwaches Keuchen von sich gibt.

«Wie bin ich nur an diesen Jammerlappen gekommen!» ereifert sich G in dem bärbeißigen Ton, der bei Hunden erfahrungsgemäß so gut ankommt.

Während er die Wunde, die sich ganz leicht entzündet hat, mit etwas Jod abtupft, spricht er ununterbrochen weiter, denn er hat begriffen, daß er jetzt für zwei sprechen muß und daß das Tier instinktiv den Sinn seiner Rede versteht. Da kommen immer wieder die Worte «Hund» vor und «Herr», die sich so ähneln, und man kann seine Ohren gar nicht weit genug aufmachen, um alles genau zu erfassen. Außerdem ist es ratsam, sich dabei zu beeilen, denn wenn man erst den Faden verloren hat, bleibt einem nur noch übrig, die Tonart zu wechseln, eine Art Hilfeschrei auszustoßen, den er zwar noch nicht ganz beherrscht, aber der den Meister trotzdem aufhorchen läßt.

«Was ist los?» fragt G. «Was erzählst du da? Laß die Albernheiten!»

Die Krankenpflege ist beendet, und Romulus will sofort wieder aufstehen.

«Nichts da! Du bleibst liegen und schläfst! Ich hab zu arbeiten.»

Das ist ein neues Wort, aber es muß etwas ziemlich Unangenehmes bedeuten, weil der Meister fortgeht in das andere Zimmer. Man hat es wirklich nicht leicht, wenn man nur einfach nett sein will...

6

G sortiert zunächst die Papiere, die er in der Eile alle durcheinandergeworfen hatte. Aber glücklicherweise muß der Präsident Langlois ein sehr ordentlicher Mensch gewesen sein, denn alle Aktendeckel sind beschriftet: Post, Adressen, Briefe, Duplikate, Indo-Suez, Diverses, Hund...

Hund? Was bedeutet das? G fängt an zu blättern. Es handelt sich um eine Akte über Romulus, in der sich alles mögliche findet. Zunächst eine Abstammungsurkunde, eine Art Hundepaß.

Name des Hundes:	Romulus
Rasse:	Deutscher Schäferhund
Geschlecht:	männlich
Farbe des Fells:	schwarz und gelbbraun
Zeichnung des Fells:	dichtes und glattes Deckhaar; langes und kräftiges Nackenfell; hosenähnliche Behaarung an den oberen Schenkelpartien
Größe:	normal
Geburtsdatum:	20. Mai 1987
Amtlich registriert unter:	Nr. 422
Rassefehler:	fliehende Kruppe; hakenförmig verkrümmter Schwanz

«Was? Hakenförmig?» ereifert sich G. «Das ist doch die Höhe!»

Er steht auf, um die Tür zu öffnen. Schon stürzt Romulus ihm fast zwischen den Beinen hindurch und springt durch den ganzen Raum, schnüffelt hier und schnüffelt da, bis G ihn wieder einfängt und am Halsband festhält.

«Nun zeig ihn mal her, deinen Schwanz! Na bitte, er ist tadellos. Manchen kann man's wirklich nie recht machen... Und dann das: fliehende Kruppe! Daß ich nicht lache! Sie ist perfekt, deine Kruppe! Platz jetzt! Und keinen Mucks – ich arbeite.»

Die Lektüre fortsetzend, murmelt er vor sich hin:

«Tätowiert... stimmt, hinter den Ohren... Stempel, Beglaubigungen, Unterschriften usw. usw.! Als ob man nicht genau sehen könnte, daß du ein schöner Hund bist, nicht wahr? Ah, da kommt endlich was Interessantes... Man glaubt es nicht, wirklich saumäßig geschrieben... Wie heißt das? Aha, zwei Mahlzeiten am Tag; gehacktes, sehr mageres Pferdefleisch, Brot, Reis und Kleie; Fischmehl; Mineralsalze; Weizenkeime... Nicht mehr als zwei Pfund Fleisch pro Tag... die Mahlzeiten sollen zu festen Zeiten erfolgen; Vorsicht! Dosenfutter kann auf lange Sicht Schäden verursachen.»

G schiebt die Akte mit einem Seufzer beiseite.

«Da hast du's, mein armer Alter! Das dicke Ende steht uns noch bevor! Ach, warte... da steht noch was auf der Rückseite: Für den Notfall ist es ratsam, einen Verbandskasten zur Hand zu haben... Binden, Watte, Gaze... in Ordnung, hab ich! ... Wasserstoffsuperoxyd, Jodtinktur, Pflaster... hab ich auch! ... Penizillinpuder, Schere, Pinzette... haben wir alles, im großen und ganzen, stimmt's, mein Junge? Alles in allem wird das Pferdefleisch am schwierigsten sein. Das werden wir hier kaum bekommen, weil's niemand mag. Du kannst soviel Wild haben, wie du willst. Oder vom Schwein, da ist auch alles klar. Aber vom Pferd... das ist was anderes. Ein Pferd ist hier so was wie 'n guter Freund.»

Er schaut noch einmal auf das Geburtsdatum und fährt fort:

«Also sind wir ein gutes Jährchen alt... deshalb sind wir noch so schlecht erzogen... wissen immer noch nicht, wie wir uns zu benehmen haben... Was haben wir denn da? Sehr interessant! Hör mal!»

> Lieber, guter Freund,
> ich wünsche mir von ganzem Herzen, daß wir als gute alte Freunde im besten Einvernehmen auseinandergehen. Obwohl das Wort Freundschaft doch ein wenig weh tut, nach allem, was zwischen uns gewesen ist... Deshalb werde ich es bei diesen wenigen Zeilen bewenden lassen.
>
> Ich habe mich entschlossen, zu einer Freundin zu ziehen, die in Rom lebt. Wird er mich wohl weglassen? Nun, wenn Sie nichts mehr von mir hören sollten, wissen Sie ja, was Sie zu tun haben, aber passen Sie gut auf sich auf. Natürlich ist er über alles, was ich tue, im Bilde, weil er mich immer noch beobach-

ten läßt, aber er wird auch wissen, daß Sie vorgewarnt sind und deshalb nicht riskieren, etwas gegen Sie zu unternehmen. Außerdem, hat er Ihnen nicht bereits alles genommen? Und auch mich hat er vollständig ausgeplündert. Viel Glück also, lieber Freund. Es bleibt uns nichts anderes übrig, als aufzugeben; wir haben das Spiel verloren. Aber auch er wird schließlich an seiner Überheblichkeit zugrunde gehen... Ich werde für Sie beten. Adieu!

Herzlichst
Patricia

«Patricia, Patricia...» wiederholt G ein paarmal, während er den Brief wieder zusammenfaltet. «Ich hab einmal eine Patricia gekannt... Patricia Lambesq. Aber das ist lange her, das alles...» Dann, zu Romulus gewandt: «War ein schönes Mädchen, weißt du. Alles, was männlich war, lief ihr hinterher. Du hättest mal ihren Busen sehen sollen – die Lollobrigida war nichts dagegen! Aber das hier wird wohl kaum meine Patricia sein...»

Er zieht an seiner Pfeife, ganz in Erinnerungen:

«Wenn ich mich recht erinnere, kam sie aus Dax, hatte eine spanische Mutter und einen Vater aus Toulouse. Jedenfalls erzählte sie das, aber sie erzählte überhaupt, was ihr gerade einfiel, aus reinem Spaß am Lügen. Weißt du, mein Alter, Lügen sind der einzige Luxus, den sich arme Leute leisten können... Zu der Zeit hab ich auch von der Hand in den Mund gelebt, und sie, sie war Animiermädchen im *Léthé*, einem schmierigen Nachtschuppen in der Nähe vom Pigalle. Ich arbeitete als Partner von einem Schnellschützen im *Médrano*. ‹Jim, der Drücker› hieß er...» sagt G lachend und klopft sich mechanisch die Pfeife in der Handfläche aus, bevor er weiterspricht:

«Das hättest du sehen sollen! Wir mimten eine Gangster-Nummer aus den Zeiten der Unbestechlichen. Ah, du hättest deinen Spaß gehabt! ... Der staubige Hut tief im Gesicht, die Maschinenpistole im Anschlag und... tatatata!, was das Zeug hielt. Auf ein vorgetäuschtes Bühnenbild, das jedesmal zusammenkrachte in einem Getöse von zerbrochenem Glas... Der mit der Maschinenpistole, das war ich, und so muß das Ganze wohl angefangen haben... jedenfalls kommt es mir so vor, und schließlich werd ich nicht ausgerechnet dir irgendwas vormachen. Aber eins ist mal sicher: Patricia war völlig hin von meiner Musspritze und meinem Borsalino. Die Leidenschaft hat zwar nicht lange angehalten, denn ich sage dir, Patricia – meine, nicht die von dem alten Langlois! – hatte wirklich einen unmöglichen Charakter! Und außerdem hat sie auch noch diese stinkigen Zigarillos geraucht... Hörst du mir überhaupt zu?»

Romulus stellt die Ohren wieder auf, denn G hat die Hand ausgestreckt, um ihn zu streicheln. Ganz sachte, mit den Fingerrücken.

«Und dann», murmelt G, «war da noch was anderes. Wir waren beide Einzelgänger, und wenn du glaubst, daß aus solchen Leuten ein Paar werden kann, dann irrst du dich. An der erstbesten Straßenkreuzung heißt es schon Adios! Jeder geht seines Weges, und ich sage dir, unser Leben bestand eigentlich nur aus solchen Kreuzungen!»

Er stopft seine Pfeife, mit geradezu pedantischer Sorgfalt, weil ihm dieser Vorgang eigentlich lieber ist als das Rauchen selbst. Dann nimmt er den Brief wieder zur Hand und liest ihn erneut.

«Ist verdammt gut formuliert, merkst du das?» sagt er. «Das kann also gar nicht meine Patricia sein, die konnte mit Müh und Not schreiben. Allerdings hat sie immer viel gelesen... Und überhaupt ist das so eine Sache mit den Frauen... Erst kleidest du sie ein, dann bringst du ihnen bei, wie sie zu reden haben – und ihr Instinkt macht den Rest. Zum Schluß ist dann aus dem Trampel eine Superfrau geworden!»

Stumm hängt er ein wenig seinen Gedanken nach. Durch das offene Fenster hört man aus der Ferne die regelmäßigen Schläge einer Axt und das hohe Sirren einer Säge. Ganz hinten am Ende des Forstweges, der von der Straße abzweigt, erkennt man einen haltenden Pferdekarren. Hier und da löst sich ein sonnenversengtes Blatt aus den Wipfeln des Hochwaldes und taumelt spielerisch wie ein Papierflugzeug zu Boden.

«Sag selbst, geht's uns hier nicht gut?» fragt G. «Und was geht uns eigentlich dieser Papierkram an? Guck dir bloß diesen Deckel hier an: Indo-Suez! Der arme Kerl! Konnte er sich denn kein Ticket kaufen und wie alle anderen Leute in Ferien fahren?»

Er zieht die mit einer Büroklammer zusammengehefteten Kontoauszüge aus dem Ordner.

«Aha!» ruft er. «Noch ein Brief! Vielleicht finden wir hier eine Erklärung.»

Während er den Brief überfliegt, fährt er fort:

«Donnerwetter, was man nicht so alles erfährt! Vater Langlois hatte also ein ungedecktes Konto! Da steht's, schwarz auf weiß! Das administrative Kauderwelsch kann ich wohl übergehen, aber die Zahlen – das ist kein Kauderwelsch! Und wenn ich richtig lese, was sehe ich… dreißigtausend Francs! Und man will ihm sein Konto sperren! Ich glaube, es wird sich lohnen, einmal einen Blick auf die Kontobewegungen zu werfen.»

Er blättert die Kontoauszüge durch und meint mißmutig:

«Dafür braucht man ja einen Buchhalter! Aber allein aus den letzten Abrechnungen ist schon zu ersehen, daß er in regelmäßigen Abständen größere Summen abgehoben hat, und weißt du, was das bedeutet? Nun, das riecht sehr verdächtig nach Erpressung! Warte mal, da fällt uns doch der Brief der lieben Patricia ein… Erinnerst du dich an ihre Worte: ‹Hat er nicht auch Ihnen alles genommen?› … Der brave Monsieur Louis! Wie man sich doch so wiederfindet! Der Alte kann nicht mehr bezahlen, also schickt man ihm den Henker. Und der Henker war ich!»

Während seine Finger weiter über den Hunderücken wandern, reimt sich G das übrige zusammen. Der Präsident, Patricia, Monsieur Louis und er selbst – alles in allem doch ein sehr seltsames Zusammentreffen. Auf eine gewisse Weise zwar ganz logisch, aber gleichzeitig auch ziemlich unwahrscheinlich und mysteriös.

«Rekapitulieren wir einmal: Ich bekomme meinen Auftrag von Monsieur Louis – um mal das Ende des Fadens gleich festzumachen. Warum wohl? Wahrscheinlich doch aus einem Grund, der in diesen Akten zu finden sein muß, die ich ja ausdrücklich und umgehend absenden sollte. Der naheliegendste Grund ist der, daß Langlois nicht mehr zahlen konnte, aber da kommt eine gewisse Patricia, die zwischen diesen beiden Männern steht, ins Spiel. Ich würde sagen, daß sie vermutlich die Geliebte von beiden war und daß Monsieur Louis sie gegen den anderen ausgespielt hat. Er hat so seine Mittel, sich die Leute gefügig zu machen, und Patricia wird diesen armen Trottel von Präsidenten so lange ausgehorcht haben, bis sie begriffen hat, daß das Spiel verloren war. Und im entscheidenden Moment macht sie sich davon – genau wie die andere Pat, wenn du mir folgen kannst. Hab ich den Faden noch in der Hand? Bin ich auf der richtigen Fährte?»

Romulus stößt einen tiefen Seufzer aus, als habe er die Worte seines Meisters genau verstanden, dann setzt er sich auf und fängt an, an seinem Brustfell zu knabbern, als müsse er es nach irgendwelchem Ungeziefer durchstöbern.

«Dich werd ich demnächst mal abschrubben», verspricht G, «sobald es dir etwas besser geht. Aber in der Zwischenzeit muß ich feststellen, daß unsere Lage nicht gerade rosig ist! Wir sind verschwunden von der Bildfläche, aber die Tatsache, daß wir irgendwo untergetaucht sind, wird Monsieur Louis als Zeichen dafür verstehen, daß wir Langlois' Waffen gegen ihn verwenden wollen. Langlois muß ihm gefährlich geworden sein, weil er es so eilig hatte, ihn aus dem Weg zu räumen. Und da Monsieur Louis weiß, daß ich teuer bin, wird er versuchen, mich ausfindig zu machen, um zu verhandeln. Was sind sie ihm wohl wert, diese Papiere? Hunderttausend Francs? Oder das doppelte? Wohlgemerkt, während dieser Verhandlungen wird er einen meiner Kollegen mobilisieren, um mich auszuschalten. Denn mit Monsieur irgendwelche friedlichen Vereinbarungen zu treffen – das gibt es nicht.»

G steht auf, und Romulus folgt augenblicklich seinem Beispiel.

«Nicht doch, nein!» protestiert G. «Wir gehen nicht aus, wir beide. Wir begnügen uns damit, ein wenig nachzudenken. Da oben, zwischen den Ohren, verstehst du? Also, Monsieur Louis hat seine Truppen, er hat Geld, und er hat Gönner. Er ist allemal stärker als wir. Aber ich habe ihm nie erzählt, daß ich über diesen kleinen Landsitz verfüge. Wir werden uns hier einbunkern, denn er wird mich sicher in Paris suchen, und da ist kein Mensch! Ich weiß, du wirst mir sagen, daß ich ihn nicht kenne, und wenn er hier unter irgendeinem Vorwand erscheinen würde, könnte ich nicht einmal sofort schießen, weil ich nicht wissen kann, wen ich vor mir habe. Das hat fast schon etwas Komisches, gib's zu. Einer sucht den anderen, aber beide tappen im dunkeln, ich zumindest habe keine konkrete Vorstellung, wie ich mich mit ihm in Verbindung setzen soll... Aber statt hier herumzugrübeln, sollte ich mich lieber an die Arbeit machen. Und endlich den Mund halten! Ist ja unglaublich, ich rede ununterbrochen, seit du bei mir bist! Das muß wohl das Alter sein... Auf, mein Sohn, an die Arbeit!»

Langlois hat in regelmäßigen Abständen …

… größere Summen von seinem Konto abgehoben. Das riecht verdächtig nach Erpressung, überlegt G.

Ein wirklich übles Verbrechen: zur seelischen Not kommt der finanzielle Ruin, und wenn der eingetreten ist, muß das Opfer auch noch für sein Leben fürchten.

So möchte man jedem Betroffenen raten, Mut zu haben und den Teufelskreis von sich aus zu durchbrechen. Wir, die wir unser Guthaben nur abheben, um es gleich wieder gewinnbringend zu investieren, können da natürlich klug reden …

In dem Ordner mit der Aufschrift «Hund» findet sich ein weiterer Brief. Verfasser ist der Präsident Langlois, mit der Anschrift: Jean-Paul Langlois, 115, Boulevard Saint-Germain, Paris 6^{e}, Telefon: 42630682. Adressiert ist der Brief an die «Cimenteries Südwest, 225, Rue Judaïque, Bordeaux, Telefon: 888401. Der Text ist kurz, die Handschrift fest und sicher:

> Monsieur,
> vor kurzem wurde bei Ihnen ein sehr schöner Schäferhund gekauft, mit Namen Romulus, geboren am 20. Mai 1987 und amtlich registriert unter der Nummer 442. Man hat mir diesen Hund geschenkt, im Glauben, mir damit eine Freude zu machen. Nun bin ich allerdings schon ein ziemlich alter und äußerst vielbeschäftigter Mann, weshalb ich nicht die Zeit habe, mich um dieses Tier in angemessener Weise zu kümmern. Mit anderen Worten: Ich möchte Sie fragen, ob Sie nicht bereit wären, den Hund zurückzunehmen – selbstverständlich gegen eine angemessene Entschädigung, über die wir uns noch einigen müßten. Zu diesem Zweck teile ich Ihnen hier meine Ferienadresse mit: Jean-Paul Langlois, Villa Les Troènes, Rue Prunett, 63140 Châtelguyon.

G schüttelt und kratzt sich ausgiebig den Kopf und wiegt sich gedankenvoll in seinem Schaukelstuhl.

«Sieh an», sagt er, «man hat dich also loswerden wollen. Dann warst du also auch auf dem besten Wege, in der Gosse zu enden... Was da wohl aus dir geworden wäre?»

Eine Weile an seiner Pfeife nuckelnd, fügt er schließlich mit leiser Stimme, als wolle er nicht gehört werden, hinzu:

«Und was wird jetzt wohl werden aus uns beiden?»

Er legt den Brief zurück und öffnet die Akte mit der Aufschrift «Post». Sie enthält nur einen Brief oder – nach der Menge der Streichungen zu urteilen – eigentlich eher den Entwurf eines Briefes:

Mein lieber Paul,
hier sitze ich nun in Châtelguyon, aber es hätte ebensogut irgendein anderer Ort sein können, denn ich bin nur noch ein altes Wrack, verfault und vermodert, und es ist sehr gut möglich, daß ich mich dazu entschließe, diesem Leben ein Ende zu setzen, sobald gewisse alte Rechnungen beglichen sind.

Wie Du Dir vielleicht denken kannst, besitze ich keinen Pfennig mehr. Meine Fabrik wird in andere Hände übergehen, und ich habe weder Familie noch irgendwelche anderen Menschen, die mir nahestehen. Außer Dir, mein lieber Paul. Du bist seit jeher mein engster Vertrauter, warst immer nachsichtig mit mir – und dafür möchte ich Dir danken. Du glaubst vielleicht, daß ich mich müde und verbraucht fühle, wie eine Kerze, die man an beiden Enden angezündet hat. Und irgendwie trifft das auch zu. Aber eigentlich ist es das nicht. Diese Erpressung, der ich nun schon so lange ausgesetzt bin und die meine Existenz schließlich ruiniert hat, ist durchaus nicht der einzige Grund für meine Entscheidung.

Ohne im Moment auf die näheren Einzelheiten eingehen zu wollen – ich bin auf eine höchst scheußliche Weise in eine Affäre verwickelt, deren politische Ausmaße ich anfangs nicht gesehen hatte. Es hat erst des Mordes an dem kleinen Bernède bedurft, den es genau in dem Moment erwischt hat, als er sich heimlich nach Spanien absetzen wollte, und nun werden die Dinge ihren Lauf nehmen, ich fühle es. Nachforschungen, Denunziationen, Verleumdungen, Personalstreiks, kurzum: eine abgekartete Sache. Und der Drahtzieher des ganzen Skandals ist – wie immer – Monsieur Louis. Ich wüßte nur zu gern, wessen Schutz er höheren Orts genießt, auf jeden Fall ist er jemand, den man mitleidlos aus dem Weg räumen sollte. Nur, wo findet man jemanden, der das übernimmt? Immerhin habe ich in geduldiger Kleinarbeit schon mal eine Akte gegen ihn zusammengestellt, mit der Unterstützung einer Frau, die lange Zeit seine Verdammung geteilt hat (und die meine, aber zu diesem Thema werde ich Dir noch eine schriftliche Erklärung hinterlassen). Möge dieses Dossier in die Hände eines integren Richters geraten! Dann wird es vorbei sein mit Monsieur Louis, wenn es noch so etwas wie Gerechtigkeit gibt…

G unterbricht seine Lektüre für einen Moment und geht zum Fenster, um einen der Läden, den der Wind zugeschlagen hat, wieder zu öffnen. Das Wetter scheint umzuspringen, denkt er. Was für eine Geschichte! Jetzt begreife ich auch, warum der Alte so schnell beseitigt werden mußte!

Er setzt sich auf den Boden, neben seinen Hund, der sich reckt und den Kopf auf das Knie seines Meisters legt, während sich G wieder in die Lektüre vertieft:

> Ich kann es kaum erwarten, mein lieber Paul, bis ich endlich alle Stücke des Puzzles zusammengetragen habe, das ihn vernichten wird. Die Namen, die Daten – ich habe alles im Kopf, und wenn er das wüßte, wäre meine Haut nicht mehr allzuviel wert. Aber ich brauche nur noch zwei bis drei Wochen, dann werde *ich* das letzte Wort haben…
>
> Ich verfüge über einen ausreichenden Vorrat an Valium und habe mich genau informiert: man gleitet einfach hinüber, ohne Schmerzen und Leiden. Ich weiß, Du wirst protestieren und mich davon abhalten wollen… aber Du solltest Dir einfach vorstellen, daß ich Krebs habe, im letzten Stadium. Also, laß mich gewähren. Ich habe es eigentlich sowieso nicht verdient, mich auf diese Weise davonmachen zu dürfen – ohne schwere Erschütterungen, schreckliche Krämpfe und zu einem selbstgewählten Zeitpunkt. Auf bald also, mein lieber Paul, und alles Liebe…
>
> PS. Du hast mir freundlicherweise diesen wunderbaren Hund geschenkt, der auf mich aufpassen sollte, aber dafür ist es wohl – leider! – zu spät. Romulus ist wirklich ganz fabelhaft, aber ich bin wohl doch ein wenig zu alt für ihn, verstehst Du? Aber Du brauchst Dir keine Sorgen um ihn zu machen. Ich werde auf jeden Fall veranlassen, daß sich der Züchter um alles weitere kümmert.

«Zum selbstgewählten Zeitpunkt!» wiederholt G. «So ein Pech! Ich bin zu früh gekommen. Sein Dossier ist nicht fertig geworden, Monsieur Louis hat also wieder einmal gesiegt… Weg mit deinem Kopf, Hund! Mein Bein ist eingeschlafen.»

Er steht auf, reibt sein Bein und überlegt, was er sich als nächstes vornehmen soll. Der Notizkalender mit der Aufschrift «Adressen» interessiert ihn am meisten. Es handelt sich dabei um ein Werbegeschenk der Firma Cimenteries Südwest aus dem Jahre 1987. Gs Hoffnung, auf den ersten Blick schon interessante Entdeckungen machen zu können, erweist sich als Irrtum. Er findet nur ein paar Eintragungen an den Samstagen.

JANUAR: Hôtel de Bretagne. Lucette. Hübsche Blondine. Ein bißchen schlaff und erschütternd dumm. Nicht viel wert: 12.

FEBRUAR: Rue Lepic. Gladys. Ein Dreckschwein mit manikürten Nägeln und Perücke. Aber sehr begabt. Ohne Zögern eine 16.

Hôtel des Flandres. Hilda. Zu fett. Wenn doch Pat schon zurück wäre! Eine knappe 11 – und das ist noch gut bezahlt...

G blättert weiter, gelegentlich gefesselt von ein paar besonders derben Anmerkungen. Allem Anschein nach muß der Präsident ein rechter Schwerenöter gewesen sein, dem auch deftigere Vergnügungen nicht ungelegen kamen. Am Wochenende pflegte er Bordeaux zu verlassen und nach Paris zu fahren, um sich dort auszutoben. Die Frage war nur: Wer besorgte ihm die einschlägigen Adressen? Vermutlich seine Lieblingsfrau Patricia, die eine vielgereiste Person zu sein schien. G legt sich bereits einen ganzen Roman über sie zurecht, mit einiger Mühe allerdings, denn er gehört nicht zu den Menschen, die über eine starke Vorstellungskraft verfügen. Aber einiges kann er sich doch recht leicht zusammenreimen. Zum Beispiel, daß Patricia zweifellos mit dem Einverständnis – oder vielleicht sogar auf Anweisung – von Monsieur Louis gehandelt haben muß, wenn sie ihren Geliebten für seine Wochenenden in Paris mit den Adressen seiner Nachtgespielinnen ausstattete. Demzufolge mußte sie sich also bestens auskennen im Milieu der Prostituierten und der Callgirls. Und obwohl G sich immer wieder sagt, daß er sich täuschen muß, passiert es angesichts dieser Überlegungen zwangsläufig, daß sich in seinem Kopf die Bilder dieser beiden Personen überlagern: das der Patricia von ehedem, Patricia Lambesq, und – ein wenig verschwommen zwar, aber doch sehr lebendig – das der Patricia von heute. Aber das ist unmöglich, abwegig! Dennoch – hatte nicht die reizende Patricia Lambesq bereits damals, als sie noch vom Striptease lebte, eine gewisse Bereitschaft gezeigt für die Halbwelt des Nachtlebens? Eine Welt, für die sie nur einen möglichst autoritären und durchsetzungsfähigen Beschützer gebraucht hatte. Und wer konnte das sein?

«Wer?» wiederholt G, indem er sich zu Romulus hinunterbeugt und dann die Frage gleich selbst beantwortet: «Monsieur Louis natürlich. Ja, immer wieder Monsieur Louis! Hier und überall Monsieur Louis, wie eine Seuche, schlimmer als Aids! Aber laß sehen, wie's weitergeht. Im Juli beispielsweise.»

JULI: Keine Chance, an Fernande ranzukommen. Ist mit einem Geschäftsmann aus Argentinien ausgelastet. Kurzes Rendezvous mit Zaza, an die sie mich immerhin weitergeleitet hat. Eine Quasselstrippe. Wirklich, das reinste Fast-Food, die Mädels von heute. Wenn bloß Pat bald wieder da wäre! 8,5–9 wäre zuviel: sie hat dreckige Fingernägel!

AUGUST: Pat, endlich! Sie war in New York, ohne zu erklären, warum. Alles, was ich heraushören konnte, war, daß sie dort in irgend jemandes Auftrag ein Nachtlokal auf die Beine stellen soll.

«Und er finanziert das!» ereifert sich G und schlägt mit der Faust auf den Tisch.

Erschrocken springt Romulus auf. G beruhigt ihn, krault ihn ein wenig hinter den Ohren und erklärt:

«Guter Hund, jetzt hab ich dich aber erschreckt. Vergiß es, es hat nichts mit dir zu tun. Ich rege mich nur über dieses Miststück auf. New York! Ich werd dir was!»

Er kramt in seinen Taschen und schimpft:

«Das auch noch! Jetzt hab ich keinen Tabak mehr! Erinner mich daran, daß ich Julien bitte, mir welchen mitzubringen. Ich werd ihn nachher gleich anrufen.»

Er widmet sich wieder dem Tagebuch.

OKTOBER: Sie hat einen Hexenschuß, hat mir aber die Nummer von einer Freundin gegeben. Miriam. Große Klasse. Lebt in einer reizenden Dreizimmerwohnung mit Blick auf den Bois de Boulogne. 18, keine Frage... Aber reden kann ich leider nur mit Pat. Wenn sie richtig in Stimmung ist, erzählt sie mir endlose Geschichten aus ihrer Vergangenheit. Muß es mehr als schwer gehabt haben, zu Anfang. Reichlich Liebhaber, da macht sie sich nichts vor. So sieht sie besser, woher sie kommt, behauptet sie. Sie erinnert sich vor allem an einen Typ, der eine Nummer als Kunstschütze vorführte. Seinen Namen weiß sie nicht mehr, aber sie erinnert sich noch an alle möglichen lustigen Nebenumstände, und dann steige ich armer Hinterwäldler abends in meinen Zug nach Bordeaux und fühle mich ganz elend, sie verlassen zu müssen, und noch elender beim Gedanken an ihre Bekenntnisse. Ich würde auch gerne Kunststücke machen mit einem echten Gewehr, statt mich damit zu begnügen, von Zeit zu Zeit mit ein paar Freunden auf Tontauben zu schießen.

Mit einem Ruck schlägt G das Tagebuch zu. Sie war es also doch, seine Pat, er hat es geahnt! Sie, Monsieur Louis, der selige Präsident, Romulus und er selbst – eine geschlossene Gesellschaft. Alle fünf! Aber inzwischen nur noch alle drei. Und wieviel würden es wohl demnächst sein?

«Gehen wir ein bißchen an die Luft!» schlägt G vor. «Ich hab genug von diesem ganzen Dreck!»

Mehr oder weniger mechanisch pfeift er nach dem Hund, weil sich das eben so gehört, und wundersamerweise hat Romulus sofort verstanden, zappelt schon vor der Tür herum und wedelt begeistert mit dem Schwanz.

Aber G ist anderen Sinnes geworden und geht noch einmal zurück.

«Wenn du erlaubst... ich möchte nur noch kurz etwas nachsehen», sagt er, blättert in den letzten Seiten des Tagebuchs und meint dann kopfnickend:

«Hab ich's mir doch gedacht... Er hat tatsächlich alle Telefonnummern notiert. Nun, mal sehen... Und jetzt ab!»

7

Bis zum Wald ist es nur ein Katzensprung. Romulus läuft voraus, mal nach rechts, mal nach links, und weiß vor lauter Freude gar nicht, wo er zuerst schnüffeln soll. Das ist sein erster richtiger Ausflug in die Natur, nachdem man ihn von seinem Hundezwinger beim Züchter in die Villa «Les Troènes» gebracht hat wie von einem Gefängnis ins andere. Und nun entdeckt er die Weite, das Unterholz mit seinen tausend Gerüchen von den Spuren anderer Tiere. Seinen Meister hat er vergessen – er ist frei. Wenn nur dieses Bein nicht so steif wäre, dann hätte er sich längst davongemacht, aber dann und wann ertönt ein gebieterisches Pfeifen, das sich wie ein Lasso um seinen Hals legt, und er begreift, daß er warten soll. Also bleibt er mitten auf dem Waldweg stehen, hechelnd und die Ohren gespitzt, damit ihm nichts entgeht, kein Schmetterling, kein Vogel, kein noch so flüchtiges Rascheln im Dickicht. Dann ist G endlich bei ihm und klopft ihm freundlich auf den Hals, was nur bedeuten kann, daß er sich endlich wieder auf Abenteuersuche begeben darf. Das Schlagen der Axt, weiter hinten im Wald, ist verstummt. G pflückt eine Blume und kaut an ihrem Stengel. Den Namen der Pflanze kennt er nicht. Für ihn ist es eine Blume, weiter nichts. So wie die Bäume eben Bäume sind. Wer hätte ihm auch beibringen sollen, wie alle diese Pflanzen heißen? Auch er stammt schließlich aus einer Art Zwinger, in dem man nur gelernt hat zu beißen, um sich zu verteidigen. Insofern ist er in gewisser Weise ein Bruder von Romulus, und nun sind sie beide auf der Fahndungsliste der Polizei, denn das Verschwinden des Hundes fällt zusammen mit dem Auftauchen dieses Unbekannten in der Villa «Les Troènes». Darin wird man das erste Indiz sehen.

«Wenn ich die Polizei wäre», versucht er sich vorzustellen, «dann gäbe es nur zwei Möglichkeiten: Entweder hat jemand den Hund getötet – dann müßte sich allerdings der tote Körper leicht finden lassen –, oder der Hund wurde verletzt und von dem mysteriösen Täter zu einem Tierarzt gebracht... Jedenfalls wird man mit der Untersuchung auf der Stelle treten – und das ist ein Glück für uns, denn von dieser Seite haben wir nichts zu befürchten. Und von der anderen? Von Monsieur Louis? Was weiß er eigentlich?»

Er hebt ein Stöckchen vom Boden auf, das er rhythmisch gegen sein Bein schlägt, während er seine Überlegungen fortsetzt:

«Er weiß, daß ich mir ein Auto gemietet habe, und braucht sich nur bei Hertz oder Avis zu erkundigen. Das wird ein leichtes sein, weil man dort alles im Computer gespeichert hat. Fragt sich nur, welche Identität ich benutzt habe. Wahrscheinlich die übliche: Georges Vallade, also wird man mich im Handumdrehen bei Avis lokalisieren. Georges Vallade? Gewiß, dieser Herr hat bei uns einen weißen Peugeot 505 gemietet, mit dem Kennzeichen... Mit anderen Worten: Es ist höchste Zeit, diesen Wagen loszuwerden, ihn einfach irgendwo auf einem überfüllten Parkplatz stehenzulassen. Vielleicht in Nantes? Nein, doch lieber nicht, ich kenne Monsieur. Er wird die ganze Umgebung absuchen lassen. Außerdem haben sie in Paris den Kilometerstand registriert, und wenn sich der Wagen jetzt in Nantes einfindet, wird man an Hand der gefahrenen Kilometer leicht eine Rechnung aufmachen können: von Paris nach Châtelguyon und von dort nach Nantes. Fazit: Ich verstecke mich irgendwo in Nantes oder umliegenden Ortschaften. Und vermutlich eher in letzteren, was sich bei der Überprüfung der direkten Strecke Châtelguyon–Nantes ohne weiteres feststellen läßt. Die Differenz wird etwa 100 Kilometer ausmachen, d. h. die Strecke von Nantes nach Guenrouet und zurück. Monsieur Louis braucht also nur einen Zirkel zu nehmen und mit ihm die 50 Kilometer rund um Nantes abzugrenzen. ‹In diesem Kreis muß er stecken!› wird er dann sagen. ‹Ich habe ihn! Und wenn ich ihm noch soviel Männer auf die Fersen setzen muß – ich erwische ihn!› Und weißt du was, mein armer Romulus? Durch dich werden wir uns verraten, denn ein Wolfshund, der obendrein auch noch hinkt, bleibt nun mal nicht unbemerkt! Also tob dich ruhig noch ein bißchen aus, solange noch Zeit ist!»

G spuckt die Blume aus, an der er gekaut hat, und pflückt eine neue. Sie ist malvenfarbig und schmeckt teuflisch bitter. Das bringt seine Gedanken auf eine andere Richtung. Ihm fällt wieder ein, daß er mit der Möglichkeit gespielt hat, als erster anzugreifen. Aber wie soll das gehen, jetzt, wo Romulus ihm folgt wie ein Schatten? Wenn er unabhängig wäre, nun gut, dann wäre er möglicherweise im Vorteil. Aber dazu müßte er das Haus verlassen, seine Vorkehrungen treffen, sich auf die Lauer legen, häufiger den Standort wechseln, um Monsieur Louis auszuspähen und jede List, die ihm aus seinem

Metier als Killer geläufig war, gegen ihn anzuwenden. Das war unmöglich, tatsächlich lebte er jetzt schon im Belagerungszustand. Was im Moment also höchste Dringlichkeit hatte, war, sein Training so schnell wie möglich wieder aufzunehmen. Romulus würde sich zwar ängstigen, aber das mußte er in Kauf nehmen, und vor allem mußte er sich zunächst einmal genügend Bargeld beschaffen. Schließlich konnte er die verschiedenen Händler nicht mit Scheck bezahlen, und er besaß nur noch ein paar kleine Scheine.

Er rechnet sich aus, daß alle Maßnahmen, die Monsieur Louis ergreifen kann, einige Zeit in Anspruch nehmen werden, da er doch immerhin nicht über eine ganze Armee von Helfern, sondern höchstens über zwei bis drei absolut vertrauenswürdige Männer verfügt. Das ist ziemlich wenig, um eine ganze Region durchzukämmen, in der zu dieser Jahreszeit viele Urlauber unterwegs sind, und um ein so winziges Nest zu finden wie Touche-Thébaud, müßte Monsieur Louis eigentlich schon einen Hellseher losschicken. Sicher würde er es am Ende ausfindig machen, aber kaum vor Ablauf von zehn bis vierzehn Tagen, und das mußte reichen, um ein paar Vorkehrungen zu treffen. Wenn es dann – was sehr wahrscheinlich war – zu einer bewaffneten Auseinandersetzung kam, mußte Monsieur schon ein paar Eliteschützen engagieren...

Nach einem Blick auf die Uhr stellt er fest, daß es schon zu spät ist, um nach Guenrouet zu fahren und etwas Geld abzuheben. Die beiden kleinen Bankfilialen im Ort schließen bereits um vier Uhr. Aber solange er noch ohne nennenswertes Risiko den Peugeot benutzen kann, will er wenigstens für genügend Lebensmittelvorräte sorgen. Er pfeift nach Romulus, der kurz darauf aus einem Gebüsch auftaucht und mitten auf dem Waldweg stehenbleibt.

«Hierher!» ruft G. «Sofort!»

Romulus tut so, als habe er nicht verstanden, und durchschnüffelt ausgiebig die tiefen Spuren, die die Holzkarren in dem weichen Waldboden hinterlassen, wenn sie die gefällten Baumstämme zum nächsten Sägewerk transportieren. Es muß sich um sehr interessante Fährten handeln, die nach Ansicht des Hundes offenbar ein gewissenhaftes Studium und eine sorgfältige Behandlung mit Reviermarken erfordern.

«Hierher!» ereifert sich G. «Aber Tempo!»

Er weiß, daß er eigentlich noch viel strenger sein müßte, aber dazu hat er nicht die Kraft, wenn er sich vorstellt, wie vertrauensvoll ihn dieser Hund immer ansieht. «Wenn Romulus erfahren würde, wer ich wirklich bin...» denkt er, wie schon so oft, und plötzlich fühlt er das Verlangen, ihm alles zu gestehen, als könne das Tier ihm die Absolution erteilen. Merkwürdig, bevor er Romulus kannte, hat er sich nie schuldig gefühlt, sondern immer geglaubt, einfach eine Art Soldat zu sein, der in absolutem Gehorsam sein Handwerk verrichtet. Und nun ist es so weit gekommen, daß er dem Hund schon allzuviel Gehorsam übelnehmen würde. Während er ein paar Rispen von Windhafer von seinem Stöckchen klaubt, bemerkt er widerstrebend und überrascht zugleich, daß er anfängt, sich mit höchst verdächtigen Ideen abzugeben. Er kann sie nicht ganz klar formulieren, aber er ist auf eine gewisse Weise fest davon überzeugt, daß man kein falsches Spiel treiben darf mit diesem großen Hund, dessen Augen ihn mit soviel Zärtlichkeit ansehen. Noch einmal ruft er nach ihm, diesmal ganz sanft:

«Na, komm schon, du alter Spitzbube! Und zieh nicht so ein beleidigtes Gesicht! Wir müssen nach Hause, aber ich verspreche dir, daß wir bald wieder hierhergehen.»

Romulus wedelt zustimmend mit dem Schwanz, stößt ein kurzes Freudengebell aus, gesellt sich zu seinem Meister und trottet brav neben ihm her.

«Sehr gut!» sagt G. «Immer schön bei Fuß!»

Hinten im Wald ertönt erneut das Kreischen der Motorsäge, was Romulus jedoch nicht zu erschrecken scheint. Er hat die Nase am Boden und offenbar einen Geruch ausgemacht, der seine ganze Aufmerksamkeit beansprucht. Schließlich kauert er sich hin und benetzt die aufregende Spur.

«So doch nicht!» protestiert G. «In deinem Alter hebt man die Pfote wie ein richtiger Mann!»

Trotz seiner drückenden Sorgen überläßt sich G zu seiner eigenen Überraschung einem gewissen Gefühl von Unbeschwertheit. Das ist ihm schon lange nicht mehr passiert, ebensowenig wie diese plötzliche Lust, ein bißchen zu spielen und vor Romulus wegzulaufen. Aber er gibt diesem Drang nicht nach, aus Angst, daß sich die Schmerzen in Romulus' verletztem Bein wieder zeigen könnten. Statt dessen begnügt er sich damit, das Stöckchen in die Luft zu werfen und zu rufen:

«Los, fang auf!»

Romulus macht einen Satz, schnappt den Stock und trägt ihn zurück zu seinem Herrn. Er begreift offenbar alles, denkt G, und er schwört sich, daß er den Kampf mit Monsieur Louis aufnehmen wird. Nicht für sich selbst, sondern für seinen Hund.

Zu Hause angekommen, räumt G die Akten weg, wirft aber zuvor noch einen letzten Blick in das Tagebuch.

DEZEMBER: Yvette – sehr dürftig, 7. Pat scheint keinen Geschmack mehr zu haben...

Weihnachten: Ein fürchterlicher Abend mit Marie-Paule. Sie ist hübsch, aber entsetzlich dumm...

Am liebsten würde G diesen ganzen Papierkram verbrennen, aber er weiß, daß diese Unterlagen noch zum Verhandlungsgegenstand werden können, im Tausch gegen ein sicheres Leben. Und ein sicheres Leben ist eine kleine Feigheit wert, denn es bedeutet Frieden... für sie beide, Romulus und ihn... Also gut, und nun muß er in die Küche und das Geschirr abwaschen. Vorher zieht er sich noch um, steigt in die gute alte Latzhose, die er immer in den Ferien trägt und die sich mit ihren vielen großen Taschen besonders beim Angeln als nützlich erwiesen hat.

«Aus dem Weg, du Lausekerl! Oder willst du, daß ich dich einseife? Und es ist wirklich nicht nötig, daß du jeden sauberen Teller noch mal ableckst! Schlabber ich etwa das Geschirr mit der Zunge ab? Na also!»

Unbewußt fängt er an, fröhlich zu pfeifen. Roberto, der Pierrot aus dem Zirkus, hat ihm das beigebracht. Romulus hockt auf seinem gesunden Hinterlauf, hält den Kopf ein wenig schief und scheint nachzudenken über das, was er da hört. Das hat keine Ähnlichkeit mit diesen strengen, hohen Pfiffen, die einem armen Hund durch Mark und Bein gehen, das ist eher eine fröhliche Melodie, der man gerne zuhört. Er kann sich also ruhig ein wenig ausstrecken, denn der Meister scheint bester Laune zu sein.

«Ich bin ja wirklich bester Laune!» denkt G im gleichen Moment und hat auch gleich eine Erklärung dafür: «Muß wohl daran liegen, daß Romulus und ich jetzt so eine Art Paar sind...» Während er weiter seine Melodie pfeift, läßt er seine früheren Beziehungen an sich vorbeiziehen. Er sieht die Gesichter seiner ehemaligen Gefährtinnen, vor allem aber hört er ihre Stimmen: «Dreckiger Egoist! Du denkst nur an dich! ... Jawohl, hau schon ab! Ich hab genug von deiner Visage!» Wahrhaftig, man brauchte keine Frauen, um in Frieden leben zu können. Ein Hund genügte vollkommen, ein echter, treuer Hund, der nichts wußte von solchen Beschimpfungen, denkt G, während er den Refrain singt: Wie einst Lili Marleen...

Nachdem er den Abwasch beendet hat, nimmt er den Besen und fegt alle Räume aus. Romulus ist ganz begeistert von diesem Spiel, duckt sich auf die Vorderpfoten und bellt dieses seltsame haarige Tier an, das immer unter den Möbeln verschwindet.

«Ruhe! Platz!» befiehlt G, packt Romulus an seinem Halsband und hält ihn fest. Dann richtet er die Hundeschnauze geradeaus auf den Boden und erklärt:

«Siehst du, so geht das, wenn ich ‹Platz› sage!»

Er streichelt dem Tier über den Hals und läßt es wieder los. Kaum ist Romulus frei, greift er wieder den Besen an und versucht, ihn zu beißen. G läßt ihn gewähren. Es ist spät geworden, und der Hund braucht sein Abendessen, das diesmal nur aus wenig Fleisch bestehen soll. Statt dessen etwas mehr Brot, Reis und eine Handvoll Nudeln, denn G hat sich die Ratschläge aus der Hundeakte gut gemerkt. Er muß noch eine neue Gasflasche anschließen und die Radiobatterien auswechseln. Schließlich ist man ja hier zu Hause und will es gemütlich haben, zum Teufel!

Es macht Spaß, sich häuslich einzurichten. Er geht hin und her, tut dies und jenes, öffnet eine Büchse Corned beef, nur für sich allein. Morgen wird er ein paar frische Eier besorgen. «Rück zur Seite, du Dickwanst, ich werd dich noch treten... La, la, la, Lili Marleen...» Vor sich hinträllernd, geht er hinüber in den Raum, den er als sein Laboratorium zu bezeichnen pflegt, um dort in Ruhe eine Pfeife zu rauchen, immer eskortiert von Romulus. Bevor der gemütliche Teil des Abends beginnt, will er sich Gewißheit darüber verschaffen, daß er in den Akten kein wichtiges Dokument übersehen hat. Den Ordner «Hund» hat er durch. «Adressen», «Briefe» und «Indo-Suez» ebenfalls. Der Hefter mit der Aufschrift «Post» ist leer, «Diverses» ebenso... Nun denn, er hat gut gearbeitet und darf zufrieden sein. Trotzdem hat sich ein bestimmter Gedanke wie ein Dorn in seiner Vorstellung festgesetzt: Vielleicht war Pat doch noch im Lande, obwohl sie geschrieben hatte, daß sie Frankreich verlassen wollte... Was also tun? Ihre Adresse stand wahrscheinlich in dem Notizbuch, zumindest aber ihre Telefonnummer. Nichts einfacher also, als den Hörer abzunehmen, die Nummer zu wählen und wieder Kontakt aufzunehmen! Oder einfach nur guten Tag zu sagen. «Ich bin es, Georges. Erinnerst du dich?» Nein, so ging es nicht! Der Name Georges würde ihr gar nichts sagen, eher schon «der Kunstschütze aus dem *Médrano*». Und was, wenn die Vergangenheit dann über ihm zusammenschlug? Der Splitter, der in seinem Fleisch steckte, konnte sich als giftig erweisen. Wenn er Pat noch antraf, würde er ihr schließlich alles von A bis Z erzählen müssen. Sie würde erfahren, daß er den Präsidenten getötet hatte und demnach im Auftrag von Monsieur Louis arbeitete. Sicher würde sie es dann noch eiliger haben, für immer unterzutauchen, oder sie würde womöglich doppeltes Spiel treiben – worin sie ja geübt war – und Monsieur Louis vorwarnen...

Hin- und hergerissen zwischen seinen Überlegungen, versetzt er seinem Stuhl einen so heftigen Tritt, daß Romulus zusammenzuckt.

«Oh, entschuldige, du armer Hund! Ich hatte dich ganz vergessen!» sagt G und streicht dem Tier begütigend über den Kopf. «Nein, ist gar nicht wahr, ich denke die ganze Zeit an dich, weißt du? Nun wollen wir mal sehen, ob dein Essen fertig ist, und danach wirst du mir dann bei unserer Einkaufsliste helfen. Wir brauchen Seife, Waschpulver und irgendein Mittel, um den verstopften Abfluß zu reinigen. Würde mich nicht wundern, wenn 'ne tote Maus drinsteckt!»

Er fühlt sich wieder ganz friedlich und entspannt, will sich aber doch Gewißheit verschaffen, ob ihn diese Stimmung nicht vielleicht trügt, und streckt die linke Hand aus, die Hand, die ihn verraten hat. Die Finger bewegen sich nicht, die Hand bleibt ganz ruhig und sicher. Allenfalls der kleine Finger zeigt vielleicht eine winzige Neigung, ein wenig zu vibrieren! Aber der kleine Finger ist ohnehin nicht vonnöten für die Bedienung eines Gewehrs.

«Ich werde dir einen schönen Teller kaufen, du wirst schon sehen», sagt G, während er die Kasserolle mit dem Fressen für Romulus vorbereitet. «Schließlich ist nicht einzusehen, daß ich aus einem Teller esse und du aus einem Kochtopf!»

Er zerdrückt die Mischung, rührt ein wenig Reis unter und gibt zum Schluß dann doch ein gutes Stück Fleisch hinzu mit der Bemerkung:

«Was soll's? Schließlich bist du ja noch krank, nicht wahr?»

Romulus sitzt dicht neben seinem Herrn und schleckt sich von Zeit zu Zeit das Maul.

«Fertig! Und nun zu Tisch, der Herr! Hmmm, riecht das gut! He, langsam, nicht so hastig! Man ißt doch nicht mit den Pfoten!»

G muß laut lachen und stellt dabei fest, daß ihm das seit langem nicht mehr passiert ist. Oder vielleicht sogar überhaupt noch nie? Nicht nur mit dem Mund, sondern so richtig von innen heraus. Dieser Romulus! Es genügt schon, diesem Vielfraß zuzusehen, und man hat selbst keinen Hunger mehr! Also begnügt sich G mit zwei hartgekochten Eiern, die er im Stehen vertilgt, während er im Geist die Einkaufsliste komplettiert: Wein, Öl, Essig, Senf, Salz... Lieber Himmel, ich hab ja vergessen, Salz an sein Futter zu tun! fällt ihm ein, während er im Takt auf und ab geht, wie auf einer heiteren kleinen, von ihm selbst erfundenen Musik, und dabei aus den Augenwinkeln beobachtet, wie die Futterreste aus dem Topf stieben.

Als es sieben ist, geht er ins Nebenzimmer und schaltet den Fernsehapparat ein, um Nachrichten zu hören. Aber es sind keine Neuigkeiten zu erfahren. Das mysteriöse Verbrechen von Châtelguyon wird nur kurz gestreift mit der Frage eines Reporters: «Was ist aus dem Hund geworden?» Fazit: Die Untersuchung dauert an. G erlaubt sich für den Moment keine weiteren Gedanken an die Angelegenheit. Er setzt sich vor die Haustür, auf die noch sonnenwarmen Stufen des kleinen Treppenaufgangs. Allmählich senkt sich der Abend mit einem rotglühenden Sonnenuntergang zwischen den Wipfeln der Bäume. Über den blauen Himmel schwirren die letzten Schwalben dieses Tages.

Vollgefressen schleppt sich Romulus zu seinem Herrn und läßt sich schwer an dessen Seite niederfallen. Er sucht nach seiner Hand, stubst ihn mit der Schnauze, dann stößt er einen tiefen, zufriedenen Seufzer aus. Einen Seufzer, wie ihn nur große Hunde kennen. Danach Stille. Eine friedliche Stimmung, in der man sich allenfalls mit einem Flüstern verständigen könnte. Aber wozu überhaupt reden? Die Sprache der Finger genügt, der Finger, die spielerisch an den Hundeohren ziehen, als wollten sie sie zurechtformen, oder die ein bißchen an den Stellen kratzen, wo diese Ohren am empfindlichsten sind. Ab und an klopft Romulus leicht mit dem Schwanz, und G hat gute Lust, ihn zu fragen: «Woran denkst du, Hund?» – «An dich», würde der Hund dann antworten…

Ein plötzliches Motorengeräusch läßt die beiden aufschrecken. Ein Moped nähert sich; darauf eine Gestalt, ganz in Schwarz. Romulus erhebt sich, als ob er fragen wollte: Wer kommt da und bedroht mein Heim?

«Ruhig, ruhig!» sagt G. «Das ist der Pfarrer von Guenrouet. Und was du für einen Mantel hältst, ist in Wirklichkeit eine Soutane. Du hast schon recht, er ist ein bißchen anders gekleidet als die Leute, die du kennst, aber er ist trotzdem ein guter Freund.»

«Guten Abend!» ruft der Priester laut und grüßt hocherhobenen Armes.

«Guten Abend!» antwortet G, legt dem Hund wieder die Hand auf die Ohren, um ihn weiterzukraulen, und flüstert ihm zu:

«Den wirst du leicht wiedererkennen. Er riecht jetzt schon wie ein alter Mann.»

Es wird Nacht unter den Bäumen. Das ist die Stunde der Eulen und der Mäuse. Romulus schaut angespannt auf den Waldweg, der langsam in einem feinen Abenddunst verschwimmt. Immer durchdringender riecht es nach den abgeholzten Bäumen, dem Chaos aus Zweigen und Blattwerk. G steht auf und reibt sich das Gesäß. Auch Romulus ist sofort auf den Beinen.

«Wir wollen schlafen gehen, mein Alter. Hopp, geh vor!»

Sorgfältig schließt er Fenster und Türen und legt seinen Revolver griffbereit.

«Wir müssen vorsichtig sein», erklärt er. «Du bleibst hier unten. Ich schlafe unterm Dach.»

Gebieterisch weist er auf die Hundedecke und befiehlt:

«Leg dich hin! Nein, nicht so – auf die Seite! Und jetzt die Augen zu! Gute Nacht!»

Er ist bereits oben auf der Treppe, als er sich noch einmal umdreht und schimpft: «Ich habe gesagt: ‹Augen zu!› Also, wer hat hier das Sagen? Na bitte, genau so!»

In seiner Mansarde angekommen, legt er Hemd und Hose auf einem Schemel ab. Den Revolver plaziert er auf dem Bücherbrett, in Reichweite. Das Licht macht er gar nicht erst an, denn die Nacht ist hell. Dann legt er sich mit dem Rücken auf sein Bett, die Hände unter dem Nacken verschränkt. Im Nu überkommt ihn ein wohliges Schlafbedürfnis, aber was ist das?... Dieses schwache Kratzen? ... Es sind Krallen, die sich vorsichtig hochtasten, so leise wie möglich, weil sie wissen, daß sie etwas Unerlaubtes tun... Zu spät! Der Hund ist bereits in seinem Schlafzimmer, steckt schon seine Schnauze unter die dünne Decke und beschnüffelt mit seiner feuchten Nase das haarige Bein, das ihm da unverhofft begegnet. Und plötzlich läßt er alle Hemmungen fallen, schmiegt sich der Länge nach an den reglosen Körper des Mannes und drängt sich zwischen Brust und Arm bis hinauf zur Achselhöhle mit ihrem guten dunklen Geruch von Geborgenheit. Noch ein wenig wird gezappelt, bis der Hund seine richtige Stellung gefunden hat, dann fühlt er, wie sich der Arm seines Meisters um ihn schließt.

«Meine Güte, du bist doch kein Schoßhündchen! Womit hab ich das verdient? Das ist doch mein Bett! In Ordnung, es ist nicht besonders groß, aber das ist noch lange kein Grund, mich ganz rauszuschmeißen!»

So liegen sie Arm in Arm, G und sein Hund, und überlassen sich ihren Träumen. Romulus rührt sich nicht mehr, obwohl er noch nicht eingeschlafen ist, sondern auf dieses Menschenherz hört, das so langsam schlägt... viel, viel langsamer als das Herz seiner Mutter, der Wolfshündin, das immer zu rasen schien. Im Eindämmern hört er nur noch undeutlich die schläfrige Stimme des Meisters, die ihm zuflüstert:

«Weißt du, ich bin kein böser Mensch, obwohl ich eine ganze Menge Leute getötet habe, aber sie haben alle nichts getaugt. Mach dir nur keine falschen Vorstellungen darüber! Und was hätte ich denn wohl auch anderes tun sollen? Ich hab's ja versucht, solange es den Zirkus noch gab...»

Der Arm schließt sich etwas fester um den Hund.

«Ich werde dir alles erzählen, weil ich einfach einmal mit jemandem darüber sprechen muß... Daß ich mich auf dieses Metier eingelassen habe, lag einfach daran, daß ich ein bestimmtes Talent hatte – und ein Talent kann niemand je so ganz verleugnen... Als ich den Job als Chauffeur bei Gonzales da Costa übernahm, gehörte es auch zu meinen Aufgaben, das Waffenarsenal instand zu halten. Ich war so eine Art Zeugmeister, putzte die Gewehre, und eines schönen Tages wurde mir auch erlaubt, damit zu schießen.»

Ein kurzes Schweigen. Romulus schläft, aber diese Stimme dringt immer noch in sein Bewußtsein. Was sie erzählt, sind irgendwelche Menschengeschichten, die ihn nicht besonders interessieren, aber sie soll ruhig weitersprechen, sie soll bloß nicht aufhören!

«Er war so schrecklich ungeschickt im Schießen, der arme Gonzales, und tief beeindruckt von mir. Dann hat er eines Tages herausgefunden, daß seine Frau ihn betrog, und hat mich gebeten... nun, du kannst dir sicher vorstellen, was er von mir wollte ... daß ich sie umbringe, die Frau und ihren Geliebten ... Für jeden von beiden eine Kugel... Ja, und dann kam Monsieur Louis und hat seine Hand auf mich gelegt! Und es ging immer um derart widerliche Leute, daß es mir wirklich nichts ausgemacht hat, sie zu töten, verstehst du das? Es liegt mir was daran, daß du mich verstehst, denn es hätte sehr gut sein können, daß wir beide nicht im selben Boot sitzen, du und ich...»

Die Stimme verstummt. Romulus blinzelt schläfrig durch die Lider. Warum diese plötzliche Stille? Er spürt, daß dahinter eine mühsam zurückgehaltene Rührung steckt. Aber mit einemmal geht diese Stimmung vorüber, und etwas Kaltes, sehr, sehr Unangenehmes weht ihn an, als die Stimme weiterspricht:

«Solche wie du werden nämlich oft abgerichtet gegen Leute wie mich. Man bringt euch bei, auf gewisse Äußerlichkeiten zu achten, verstehst du? Und wenn du mich mit meinem zwei Tage alten Bart und meinen ausgewaschenen Jeans bei dem Präsidenten erwischt hättest, wärst du ganz bestimmt über mich hergefallen. Aber ja! Denn Hunde wie du stehen immer auf der Seite der Reichen... Und jetzt, mein guter Hund, bist du an mich geraten, bist meine Familie und das einzige, was ich habe...»

Jetzt ist die Stimme fast unhörbar geworden, aber das Herz hat angefangen, viel schneller zu schlagen. Leicht verwirrt rutscht Romulus ein wenig hin und her und fährt aufs Geratewohl mit der Zunge über diesen Arm, der so heiß ist und seine Schnauze so fest gegen den Bauch drückt. G zieht den Kopf des Hundes noch etwas fester zu sich heran. Dann spricht er weiter, mit einer seltsamen Stimme, als ob er irgend etwas im Schlaf stammelte:

«Weißt du, was an dir so gut ist! Daß du so bist wie ich, stimmt's? ... Und ich bin unschuldig, jawohl, genauso unschuldig wie du! Wir sind beide unschuldig.»

Die nächsten Worte werden undeutlich, verlieren sich irgendwo im Fell des Hundes. Dann macht G den Versuch, sich umzudrehen.

«Könntest du nicht ein bißchen rutschen?» beschwert er sich. «Man erstickt ja...»

Schließlich schlafen sie. Sie schlafen lange, bis G aufwacht, sich ein wenig den Hals kratzt und Romulus beiseite schiebt, um aufzustehen. Gähnend wirft er einen Blick auf seine Armbanduhr, die er nie ablegt, und sagt:

«Weißt du überhaupt, wie spät es ist? Sieben Uhr, mein Alter! Also, hopp, runter mit dir!»

Romulus ist schon an der Treppe, stößt einen leisen, kehligen Laut aus und wedelt mit dem Schwanz. Prüfend schaut er noch einmal zu seinem Meister zurück, dann ist er auch schon mit einem Satz wieder bei ihm, legt ihm die Vorderpfoten auf die Brust, drückt die Schnauze an sein Gesicht und leckt ihn ab. Dann ist er auch schon wieder an der Treppe und läuft nach unten, immer vor und zurück, um sicherzugehen, daß auch alles in Ordnung ist, daß man ihm folgt. Die Türen unten werden aufgemacht, und endlich kann man in den Garten und dort ein bißchen verrückt spielen, wenn man auch noch leicht humpelt. Man kann das Licht anbellen, den neuen Tag, den Gesang der Vögel, und hat überhaupt so viel zu tun, daß kaum die Zeit bleibt, ein bißchen das Bein zu heben und die Hecke zu begießen.

Während G seine Pfeife stopft und tief die frische Luft des nahen Waldes einatmet, fragt er sich, ob jetzt nicht der richtige Augenblick wäre, einen ersten Versuch zu machen, den Hund an das Gewehr zu gewöhnen. Romulus ist vollauf damit beschäftigt, den vielen interessanten Gerüchen nachzuspüren. Die Nase am Boden, verfolgt er eine besonders vielversprechende Fährte und merkt gar nicht, daß G wieder ins Haus gegangen ist. Als er plötzlich feststellt, daß sein Meister nicht mehr da ist, hebt er die Schnauze, schnüffelt nach der vertrauten Witterung und will eben zum Haus zurücklaufen, als G plötzlich auftaucht, eine Art langen, schweren Stock in der Hand haltend. Ruckartig bleibt der Hund stehen. Das Ding kommt ihm irgendwie bekannt vor... G kommt langsam näher und sagt:

«Ja doch, das ist mein Gewehr, aber du brauchst keine Angst zu haben. Komm, riech einmal daran! ... Da, schau, ich ziele in die Luft.»

Romulus duckt sich unwillkürlich und klemmt den Schwanz zwischen die Hinterbeine. Dann legt er die Ohren an und gibt ein Knurren von sich, das so dumpf und gefährlich klingt, daß er selbst ganz erstaunt ist. G beeilt sich, den Hund durch Streicheln zu beruhigen.

«Guter Hund! Ja, das machst du sehr gut! Aber du mußt zugeben, so schrecklich ist es nun auch wieder nicht. Es ist nur dieses Pfeifen, was dich erschreckt. Da, ich schieße noch mal.»

Romulus ist zusammengezuckt, aber ansonsten ruhig geblieben, weil er die Hand seines Meisters auf seiner Flanke gespürt hat. Allerdings muß er ein paarmal niesen wegen dieser kleinen violetten Rauchwolke, die dieses Ding von sich gibt.

«Oh, das war aber schon sehr gut!» sagt G. «Siehst du, jetzt werden wir uns wenigstens verteidigen können. Und wer hat jetzt einen schönen großen Knochen verdient? Genau, Romulus natürlich! Eigentlich mag ich deinen Namen nicht besonders... wir werden uns einen anderen überlegen müssen.»

Romulus sitzt schon vor dem Kühlschrank. Er steckt seine Nase in den Türrahmen und schnüffelt so lange und heftig herum, daß die Tür plötzlich aufspringt. Im gleichen Moment spürt er einen Klaps im Nacken.

«Was sind das denn für Manieren?» schimpft G. «Also wirklich! ...Nachher gehen wir ins Dorf und decken uns mit Vorräten ein. Hier, inzwischen kannst du dich an diesem Stück Kalbshaxe vergnügen. Nicht doch, das ist doch viel zu kalt! Was denkst du dir eigentlich? Mach langsam und nicht schlingen!»

Ein ganz gewöhnlicher Morgen, denkt G, und er wünscht sich, daß so auch alle anderen Tage ablaufen mögen. Mit Wasserkochen für den Kaffee. Die Tasse nehmen, den Zucker, ja, und natürlich die Butter... Man hört, wie sich Romulus' Zähne mit dem Knochen abmühen. Draußen hüpft eine Amsel herum und wagt sich bis an die Türschwelle. Und irgendwo muß Monsieur Louis vor einer Landkarte sitzen und grübeln...

Es ist keine Zeit mehr zu verlieren. G muß handeln.

8

Unten im Dorf geht er als erstes zu Nedellec, der letzten Sattlerei in dieser Gegend, und läßt für Romulus ein Halsband anfertigen, um ihn daran zu gewöhnen, manierlich bei Fuß zu gehen. Kaum hat er Romulus das Halsband angelegt, fängt er schon an wie ein Wilder an der Leine zu ziehen, bis er fast erstickt. Als G ihn mehrmals hart zurücknimmt, kommt er schließlich zur Vernunft und bleibt sogar brav vor der Kasse sitzen, während G – der sich endlich mit dem nötigen Bargeld versorgt hat – beim Metzger die Bestellung bezahlt.

«Was für ein schöner Hund!» sagt Julien. «Ist er auch nicht bösartig? Läßt er sich streicheln?»

Romulus dreht und windet sich vor Begeisterung und läßt seine Zunge in alle Richtungen wandern, als ob er Küsse austeilen wollte. Zur Belohnung bekommt er einen blutigen kleinen Leckerbissen, den er sofort hinunterschlingt. G ist ganz stolz auf das Tier und erklärt, daß es sich um einen deutschen Schäferhund handele, noch sehr jung und ein wenig verspielt, aber fabelhaft intelligent.

«Wir reden wie Menschen miteinander!» sagt er.

«Ist das teuer, so etwas großzuziehen?» erkundigt sich Julien.

Mit solchen Gesprächen geht die Zeit dahin, auf eine wunderbar normale und alltägliche Weise. Nach dem Metzger geht es zu Fernand, dem Lebensmittelhändler, der sich die Einkaufsliste aufschreibt, die ihm G diktiert.

«Also, ich muß schon sagen», meint er, während er mit einem Finger auf seiner Schreibmaschine herumhackt, «man sieht Sie zwar nicht oft, aber wenn Sie mal vorbeikommen, sind Sie wirklich nicht zu übersehen! Wie heißt es denn, Ihr Riesenvieh?»

«Romulus.»

«Ah, nicht schlecht! So was läuft einem nicht alle Tage über'n Weg!»

Sein kleines Wortspiel stimmt ihn fröhlich. Er reicht dem Hund ein Stück Zucker in seiner Handfläche und beobachtet, wie sich Romulus bedient.

«Nette kleine Beißerchen! Mit so was brauchen Sie keine Angst vor Einbrechern zu haben. Ist nur schade, daß er humpelt.»

Eine höchst unpassende Bemerkung. G verschließt sich sofort, aber er spürt, daß die Angst schneller war und ihm wieder im Nakken sitzt. Warum hat ihn dieser Idiot von Fernand daran erinnern müssen, daß ihm nur eine Galgenfrist bleibt? G bezahlt und verläßt den Laden. Er hält Romulus ganz kurz, wie einen Blindenhund.

Es war wirklich zu ärgerlich, aber schließlich mußte er doch wohl noch unbehelligt das Notwendigste einkaufen dürfen! Zum Beispiel die Tageszeitungen, die durfte er keinesfalls vergessen... Schon von weitem erkennt er die Schlagzeilen: WER HAT DEN PRÄSIDENTEN GETÖTET? ... GEHEIMNISVOLLE BLUTTAT IN CHÂTELGUYON... Der Zeitungsverkäufer begrüßt ihn sehr herzlich:

«Sieh an! Wieder im Lande? Was für ein schöner Hund! Wo wir gerade von Hunden reden... Ich sehe, daß Sie sich für diese schreckliche Affäre interessieren! Meine Frau sagt, die Geschichte ist sogar noch spannender als Mannix...»

G hört nicht hin. Er hat es eilig, nach Hause zu kommen, einfach die Tür zuzumachen und sich nicht mehr zu rühren. Er setzt sich an das Steuer seines Peugeot. Er muß ihn loswerden, diesen Wagen, irgendwo in der freien Natur. Ja, und er muß sein Herz in beide Hände nehmen. Aber bitte eins nach dem andern: erst ein bißchen Ruhe... ein bißchen Zeit, um ein Leben zu führen wie irgendein anderer Feriengast! Um nachzudenken, ohne daß sich gleich das Herz verkrampfte bei der Vorstellung: «Morgen! Übermorgen! Nächste Woche!»

Romulus hat sofort herausgefunden, daß der beste Platz in einem Auto der Beifahrersitz ist, an der Seite des Meisters und die Seitenscheibe gerade so weit geöffnet, daß man die Schnauze zum Luftholen hinausstrecken kann. Auf die Weise hat man den Kopf im Fahrtwind, läßt die Ohren ein wenig flattern und schnuppert die Welt, die draußen so blitzschnell vorbeifliegt. Schade, daß die Fahrt so schnell beendet und man schon zu Hause ist! Ein kleiner Kontrollgang in den Ecken: Der Knochen liegt noch wohlbehalten unter der Decke, die man vorsichtshalber eigens zusammengefaltet hat. Nein, auch sonst nichts Verdächtiges... abgesehen von einem leichten, kaum wahrnehmbaren Geruch nach Katze, irgendwo bei der Tür, die zum Garten führt. Man kann also aufatmen und sich getrost seinem Herrn zu Füßen legen, zumal man innerlich ja noch völlig aufgewühlt ist von den verschiedensten Eindrücken. Es ist wirklich zu viel auf einmal! Zu viele Menschen! Zu viele Bilder!... Mit einemmal ist Romulus eingeschlafen.

G räumt seinen Arbeitstisch ab, breitet die Zeitungen und Zeitschriften aus und sucht die Artikel, die ihn interessieren. Er findet überall etwas, und nachdem er sich die Pfeife angezündet hat, nimmt er sich zunächst *Match* vor:

«Dem zuständigen Kommissar Labellie ist es inzwischen gelungen, die einzelnen Aktionen des Mörders zu rekonstruieren. Demnach hat sich der Täter in der benachbarten Villa ‹Les Tulipes› eingemietet und von dort aus alle Schritte des unglücklichen Opfers überwacht. Präsident Langlois hatte seinen Urlaub gerade erst angetreten. Er verließ kaum das Haus und zog es vor, sich auf seiner großen Terrasse aufzuhalten. Da er alleine lebte, widmete er sich häufig der Arbeit an seinen Akten. Für den Haushalt und die Mahlzeiten sorgte Madame Françoise Loubeyre, die ebenfalls von der Maklerfirma vermittelt worden war...»

Sieht ganz so aus, als ob die Polizei ziemlich im dunkeln tappt, denkt G, während er die nächsten Zeilen überfliegt, die sich mit einer Beschreibung der Villa «Les Tulipes» befassen. Auf einer Skizze ist die Schußbahn der Kugeln vom Fenster auf die Terrasse mit punktierten Linien dargestellt. Auf dem Boden ist der Umriß einer Gestalt zu erkennen, die offensichtlich das Opfer darstellen soll. Das richtige Futter für die Neugier des Publikums. Aber was ist mit dem Diebstahl? Niemand spricht davon...

Doch, immerhin. *Jour de France* meldet, daß der gute Präsident möglicherweise in irgendwelche geheimen Aktivitäten verwickelt war, die derzeit noch Gegenstand der Untersuchung sind. Die Polizei hält es für ziemlich ungewöhnlich, daß sämtliche Papiere verschwunden sind, zumal der Präsident nach Aussage der Haushälterin viel Zeit mit Schreiben verbracht haben soll. Also stellt sich die Frage, an wen er geschrieben haben mag, denn nach derzeitigen Ermittlungen verfügte er über keine näheren Angehörigen, außer einem etwa dreißig Jahre alten Sohn, der in Los Angeles lebt. Über ein festes Verhältnis zu einer Frau ist nichts bekannt. Die wenigen Freunde werden derzeit von Kommissar Labellie verhört.

In einer anderen Zeitung findet sich schließlich ein interessanter Hinweis auf die *Cimenteries Südwest*, demzufolge die Firma demnächst von einer spanischen Unternehmensgruppe übernommen werden soll. Sieh mal an, denkt G. Wenn ich der Kommissar Labellie wäre, würde ich in der Richtung ein bißchen nachforschen... Monsieur Louis hat den alten Knaben also erst ruiniert, dann hat er ihn gezwungen, sich aus seinen Geschäften zurückzuziehen, und zum Schluß hat er mich auf ihn losgelassen. Wie einen scharfen Wachhund, den man abgerichtet hat: ‹Faß ihn! ... Und ich? ... eine Schande!, ... wenn man sich vorstellt, welchen Interessen man gedient hat!

Allmählich dämmert ihm, daß der Vertrag Langlois nicht vergleichbar war mit anderen Aufträgen, von denen er zumindest immer den Eindruck hatte, daß man ihn schickte, um einen Schlußstrich unter rein private Zwistigkeiten zu setzen. Aber diesmal hatte es sich wohl um eine höchst verzwickte Angelegenheit gehandelt! Er hat noch den Brief des alten Langlois im Kopf, in dem er angesichts des drohenden Skandals seinen Selbstmord ankündigt. Er braucht sich nur bestimmte Passagen zu vergegenwärtigen: «Der kleine Bernède hat sich heimlich nach Spanien absetzen wollen... Personalstreiks...» Das stinkt doch geradezu nach einer krummen Sache, nach einem üblen politischen Skandal! Und was war seine Rolle in dieser schmutzigen Affäre? Er hat den Killer gespielt! Den Kundschafter, den man ruhig opfern kann! Der in Wirklichkeit überhaupt nicht zählt! Er ist eine Null, ein Werkzeug, das man nach Gebrauch wegwirft, in den Müll wie eine leere Blechbüchse!

G ist sehr nachdenklich geworden, bis ins Mark getroffen von der furchtbaren Entdeckung, daß er nur ein kleiner Wicht gewesen ist – und das schon seit langem! Natürlich, jemand mit dem Namen Buffalo oder Gaucho, Ricardo, dann Colin, Rivière, Vallade und schließlich nur noch G – ein einfacher Buchstabe, nichts weiter! –, der war zum Schluß nichts weiter als eine Art lebloser Schatten. Es hatte sogar Zeiten gegeben, in denen er nur einen vagen Umriß dargestellt hatte, der erst dann etwas wie menschliche Formen annahm, wenn man ihn mit einem Fingerschnipsen herbeirief: «Hallo, Barmann... Liftboy... Portier... Ober!» – «Wann war ich überhaupt jemals ich selbst?» fragt sich G, während er die Zeitungen wieder zusammenfaltet. «Wohl nur, wenn ich gerade den Abzug drückte. In diesem Augenblick war ich G, sogar für Monsieur Louis.»

Um sein trautes Heim nicht zu beschmutzen, klopft er die Pfeife in der Handfläche aus. Als ich diesem Hund das Leben schenkte, sinniert er weiter, hab ich mich selbst aufgegeben, denn jetzt bin ich noch ein Stück weiter gegen Null gerutscht. Ich höre Monsieur Louis schon sagen: «Schafft mir diesen Kerl aus dem Weg.» Etwa in dem gleichen Ton wie seine Worte: «Der Hund? Der ist uns doch egal!» ... Verzeih mir, du braves Tier. Ich muß uns aus diesem Dilemma herausholen – und das wird nicht gerade leicht werden! Aber der erste und der einfachste Schritt dazu wird sein, zunächst einmal Patricias Telefonnummer aus diesem Notizbuch zu suchen.

Er wirft einen kurzen Blick in die Küche. Auf Romulus, der auf der Seite liegt und wie ein Toter schläft, ohne auch nur von der Fliege Notiz zu nehmen, die seine Wunde umkreist. G scheucht sie weg und begibt sich wieder an seine Unterlagen. Die Hand schon an dem Adreßbuch, zögert er noch einen Moment. Soll er, soll er nicht? Er soll.

Das Schlimmste ist, dieses Tagebuch von Monsieur Langlois' Ausschweifungen noch einmal durchblättern zu müssen. Die gesuchte Nummer steht ausgerechnet auf der Seite, die er sich zum Schluß vorgenommen hat – auf der ersten! 7 27 40 42, Avenue Poincaré, eine erstklassige Adresse; sie hat es offensichtlich verstanden, ihr Schäfchen ins trockene zu bringen! Fast schon sicher, daß er Patricia nicht antreffen wird, wählt G ihre Nummer und wartet mit einem gewissen Herzklopfen... Weit draußen im Wald hat die Säge ihr schrilles Tönen wiederaufgenommen.

«Hallo?»

Unglaublich! Hat sie ihre Reise also doch verschoben?

«Hallo? So melden Sie sich doch!»

Ihre Stimme hat sich verändert in den vielen Jahren. Matter und dunkler, wie ein Wein, der lange gegärt hat. Er beschließt, sich zu melden.

«Patricia?»

«Ja doch, natürlich Patricia! Und was wünschen Sie?»

«Ich bin der kleine Vallade.»

«Sie müssen entschuldigen... der Name sagt mir irgendwas... Sollte ich Sie kennen?»

«Aber sicher! Wenn Sie das *Médrano* nicht vergessen haben...»

Nach einem kurzen Schrei der Überraschung geht sie sofort zum «Du» über:

«Georges? Der kleine Georges? Bist du's wirklich?»

«Ich bin's.»

«Was machst du denn so? Und woher hast du meine Telefonnummer? Die kennen doch nur ganz wenige.»

«Das erklär ich dir später. Zunächst mal muß ich dich unbedingt sehen.»

«Ist es wirklich so dringend?»

«Mehr als das!»

«Ah, du hast dich tatsächlich nicht geändert! Aber hier bei mir geht es unmöglich. Vielleicht in einem Hotel, wenn du magst. Du wirst doch wohl nicht etwa gesucht?»

Wenn er jetzt einen Moment zögert, wird sie sofort auflegen, das fühlt er. Also schlägt er einen ganz lockeren Ton an und antwortet:

«Aber nein! Alles bestens! ... Also, ich erwarte dich in Nantes, wann immer du willst.»

«In Nantes? Was für ein sonderbarer Einfall! Na schön, ich werde uns ein Zimmer reservieren. Ich hab es gern, wenn sich die Dinge ganz diskret abspielen. Du fragst am besten nach Patricia Lambesq.»

«Ich weiß, ich erinnere mich.»

«Das ist schön... Ich nehme an, du sitzt in der Patsche, oder? Na gut, schweig dich ruhig aus, das kannst du mir später erzählen. Bis morgen dann. Ciao!»

Das war's also. Jetzt waren die Würfel gefallen. Er geht noch einmal seine Chancen durch: Entweder hat sie den Präsidenten belogen und ist immer noch – ob freiwillig oder gezwungenermaßen – die Komplizin von Monsieur Louis. In diesem Fall wird sie ihn verraten, und er geht direkt in sein Verderben, wenn er ihr vertraut. Oder sie fühlt sich tatsächlich bedroht von Monsieur Louis. In diesem Fall kann er auf ihre Hilfe zählen. Aber G tut sich etwas schwer mit diesem ganzen Wenn und Oder. Alles nur Vermutungen! Was hat das mit Logik zu tun? Schließlich hat sie doch den alten Langlois gewarnt: «Er läßt mich ständig beobachten...», und wenn das wahr ist – allerdings war sie immer ziemlich verlogen –, wird Monsieur Louis Lunte riechen, ihr einen Mann auf die Fersen setzen und binnen vierundzwanzig Stunden über G's Aufenthaltsort Bescheid wissen.

Das Treffen mit Patricia kommt wirklich einem Selbstmord

gleich. Er hat den Gedanken an dieses Rendezvous zwar schon mehrfach erwogen, aber nie mit diesem plötzlichen Anfall von Angst, der ihm den Schweiß ausbrechen läßt. Vielleicht sollte er sich irgendwo anders verstecken? Einfach die Sachen packen, mit Romulus ins Auto steigen und irgendein kleines Dorf suchen, das sich als Unterschlupf eignet. Aber auch das ist keine neue Idee. Woher also diese plötzliche Unentschlossenheit? Nein, es liegt nicht daran, daß er aufgeben will! Denn er hat seit langem eine Rechnung zu begleichen mit Monsieur Louis. Eine Rechnung, von der er bislang nichts wußte, weil ihm noch nicht klar war, daß hinter seinem Mißtrauen in Wirklichkeit das Verlangen nach Rache steht, das in ihm hochgekommen ist wie bittere Galle. Und nun muß es ihm mit Pats Hilfe gelingen, Monsieur Louis zu finden und ihm die Maske vom Gesicht zu reißen. Es kam nur darauf an, zuerst zuzuschlagen!

Langsam legt er den Telefonhörer wieder auf, versucht, Pats Stimme in sich fortklingen zu lassen, so lange er sie noch klar und deutlich im Gedächtnis hat. Diese Stimme scheint ans Befehlen gewöhnt zu sein und noch an etwas anderes… Sie hatte etwas Mißtrauisches, aber keineswegs Furchtsames, obwohl doch die Polizei bestimmt schon nachgeforscht haben mußte in der Umgebung und dem näheren Bekanntenkreis des Präsidenten… Aber wenn sie überwacht wurde, wäre sie wohl kaum das Risiko eingegangen, sich mit ihm zu treffen… G muß sich eingestehen, daß er nicht besonders geübt darin ist, derart verwickelte Zusammenhänge zu entwirren. Er hat im Grunde nur eine Frage an Patricia: In welchem Verhältnis steht sie zu Monsieur Louis? Und wo kann er ihn finden? Diese beiden Dinge gehen ihm unentwegt im Kopf herum und beschäftigen ihn derart, daß sogar Romulus seine Unruhe bemerkt, um seinen Herrn herumstreicht und ganz vergißt, mit dessen Händen zu spielen und ihn ein wenig in die Arme zu kneifen. Statt dessen beobachtet er den Meister und hat, zum Zeichen seines Nachdenkens, den Kopf ein wenig zur Seite gelegt, bis ihn G an seinem dichten Nackenfell packt, seinen Kopf an die Hundestirn legt und ihm erklärt, was los ist:

«Du mußt wissen, dieser Monsieur Louis ist ein Stück Mist. Halt, ich sage das doch nicht, damit du abhaust, du Dummkopf! Ich will dir nur begreiflich machen, daß ich nicht frei bin und daß das seine Schuld ist! Und wenn ich nicht frei bin, dann kannst du es auch nicht sein. Monsieur Louis kann jeden Augenblick hier vor der Tür stehen. Er kann der Briefträger sein, der Pfarrer, der Feldhüter, ein Holzfäller oder ein Straßenarbeiter – ich weiß es nicht, denn ich habe ihn nie gesehen! Aber ich rechne damit, daß Pat uns vielleicht helfen und mir ein Foto zeigen kann. Also, laß den Kopf nicht hängen, du Untier!»

Er gibt dem Hund einen kleinen Klaps hinters Ohr und läßt ihn los. Glücklich befreit, fängt Romulus an, fröhlich zu bellen, und hüpft so ausgelassen auf der Stelle, daß er einen Sessel umstößt.

«In den Garten mit dir, du Wilder!»

Der Hund wird nach draußen expediert, wo er gleich wieder seinen Rundgang um die Beete aufnimmt, während G ins Arbeitszimmer geht und seinen Revolver prüft. Gekonnt läßt er ihn ein paarmal in der Hand kreisen, steckt ihn in den Gürtel und zieht ihn wieder heraus, schnell wie der Blitz. Ein müder Blitz. Das muß besser werden, denn das Duell würde sicher Auge in Auge stattfinden, Monsieur Louis würde sich kaum aus der Entfernung oder aus einer Deckung heraus erschießen lassen. Aber wie die Szene genau ablaufen wird, kann er sich doch nicht so recht vorstellen, in solchen Dingen war er nie besonders gut. Allerdings ist er sich einigermaßen sicher, daß das Ganze auf einen Nahkampf hinauslaufen wird, und für diese Art von Auseinandersetzung war seine linke Hand glücklicherweise nicht vonnöten. Insofern waren wenigstens die Chancen ausgeglichen.

Mit einer Handbewegung über den Kopf vertreibt er seine Phantasien. Abwarten, man würde schon sehen. Das hat er sich schon immer gesagt, sein ganzes Leben lang: man wird schon sehen... das Dumme war nur, daß er eben nie imstande gewesen war, besonders weit zu sehen, und nur aus diesem Grund hing er immer noch an Monsieur Louis' Schürzenzipfeln...

Nach dem Mittagessen machen Herr und Hund einen kleinen Verdauungsspaziergang durch den Wald. G hat die Absicht, sich einmal den Holzschlag anzusehen, denn er will nichts dem Zufall überlassen. Wo man Holz fällt, ist auch ein Lager, und in einem Lager findet sich auch immer eine Mannschaft von Arbeitern. Eine Mannschaft, die sich – wie im Zirkus – aus allen möglichen Leuten zusammensetzt, aus Schwarzen, aus Gelben, aus Mischlingen, kurzum: aus Männern, die zu allem bereit sind, auch zu einem Vertrag mit Monsieur. Für den Augenblick hat G zwar noch nichts zu befürchten, aber es tut ihm gut, vorsichtshalber schon einmal auszukundschaften, was sich auf dieser Lichtung tut, in dieser Staubwolke aus Sägemehl und abgesplitterten Baumrinden.

Sie sind zu fünft, arbeiten angestrengt, den Oberkörper entblößt, mit Axt und Säge. Überall liegen abgeholzte Stämme mit frischen, weißen Schnittstellen. Auf einem freien Platz in der Nähe steht ein Lastwagen mit angekuppeltem Anhänger bereit. G hält den Hund fest an der Leine, um ihn daran zu hindern, mit den Holzfällern Freundschaft zu schließen. Etwas oberhalb des Parkplatzes verläuft ein Reitweg, der tief in das Innere des Waldes führt. Direkt hinter der Lichtung beginnt das Unterholz sehr dicht zu werden. G sondiert das Terrain wie ein kampferprobter Generalstabschef, für den die Rückzugsmöglichkeiten genauso wichtig sind wie die Angriffswege. Wenn Monsieur Louis mit seinen zwei oder drei Helfern beispielsweise mit dem Rücken zum Wald angriff, konnte er blitzschnell wieder im Dickicht untertauchen, also war es besser, nicht hier draußen auf ihn zu warten, sondern direkt beim Haus, von wo aus das freie Gelände leicht zu überwachen war. Wenn die Angreifer kein Glück hatten, war es unnötig, sie zu verfolgen, vielleicht würden sie dann auch aufgeben, weil ihnen die Festung zu schwer zu nehmen war. Ja, das war's, erst wenn der erste Angriff mißlang, würde Monsieur Louis Verhandlungen anbieten.

Während er die flirrenden Blätter hoch oben im Wipfel einer Ulme betrachtet, kommt ihm ein Gedanke, den er bisher noch nicht erwogen hatte: daß Monsieur Louis gar nichts wissen kann über die Art und Bedeutung der beim Präsidenten gefundenen Dokumente. Möglicherweise hielt er sie für reines Dynamit, für Zündstoff genug, um ihn zwanzig Jahre hinter Gitter zu bringen! Also hatte er gar keine andere Wahl, er mußte töten oder kapitulieren. Das mußte er Patricia unbedingt klarmachen und sie davon überzeugen, daß die gestohlenen Dossiers tödliche Waffen waren, die jeden Augenblick losgehen konnten. Also, nur Mut! Mit ein wenig Frechheit war die Partei noch zu gewinnen. Und damit Frieden und Sicherheit. Hörst du, Chef, Frieden für uns beide!...

9

Wieder zu Hause, macht er sich über Romulus her, bürstet, kämmt und striegelt ihm das Fell bis hinunter zu den Pfoten. Es ist ein schweres Stück Arbeit, den Hund daran zu hindern, sich dauernd zu winden und zu drehen, nach der Hand zu schnappen, die ihn festhält, in den Schwamm zu beißen und sich schließlich auf den Boden zu werfen und wie eine wildgewordene Katze mit den Pfoten zu zappeln.

«Wirst du wohl stillhalten, du Dicker! Ja, ich weiß, du bist ein ganz Ausgebuffter, aber du brauchst dich gar nicht anzustrengen – ich werde dir nicht den Bauch kraulen! Los, steh auf jetzt! Wir gehen Gassi!»

Das Wort kennt Romulus. Genau wie «raus», «rein», «zu Tisch», «großer Knochen», «aus», «Platz»... Aber alles in allem braucht man sich eigentlich immer weniger zu sagen, wenn man sich nur richtig in die Augen sieht. G ist immer wieder überrascht, daß er dem Tier nichts vormachen kann, beispielsweise zu befehlen «zu Tisch», während er sich anschickt, nach draußen zu gehen. Seltsame Gedanken, die ihm da mit einemmal durch den Kopf gehen und ihn auf Ideen bringen, mit denen er sich schon seit langem nicht mehr beschäftigt hat. Er vermeidet solche Gedanken, aus Angst, plötzlich wieder Dinge zu entdecken wie Treue, Uneigennützigkeit, gegenseitiges Geben und Nehmen, während er doch in seinem ganzen Leben niemals irgend etwas gegeben hat. Was ihn aber noch weit mehr verwundert, ist die Schnelligkeit, mit der dieses Tier von ihm Besitz ergriffen hat, ihm unter die Haut gegangen ist, ins Blut, als ob sie einander gegenseitig zum Leben erweckt hätten. Wie lange kannten sie sich denn überhaupt? Es spielte eigentlich keine Rolle, vielleicht war G wirklich einst ein Wolfshund gewesen. Warum auch nicht? Schon seine Mutter, die im nüchternen Zustand seherische Gaben zu haben schien, hatte immer behauptet, in einem früheren Leben die Lieblingsfrau eines Maharadschahs gewesen zu sein... Spielerisch hängt er diesen Gedanken nach, während er mit dem Finger das lange weiße Haar glättet, das seinem Hund wie ein koketter Schmuck aus einem Schönheitsfleck an seinem Augenwinkel sprießt. Nach einer Weile begibt er sich an seine eigene Körperpflege, die ihm allerdings weit weniger wichtig erscheint als die von Romulus. Dann legt er eine Hose aus leichtem dunklem Flanell an (gegen grelle Farben hat er eine Aversion) und ein graues Polohemd, steckt die Papiere auf den Namen Vallade in die Gesäßtasche und fertig! Auf geht's nach Nantes.

Er hat alle persönlichen Sachen, die ihn verraten könnten, aus dem Wagen entfernt und ihn wieder genau in den Zustand versetzt, wie er ihn geliehen hat, um ihn einfach auf einem Parkplatz beim Bahnhof, wo er leicht von den Angestellten der Mietfirma zu finden ist, abzustellen. Die Heimfahrt ist kein Problem, er wird irgendein Auto stehlen. Er hat alles im Griff, jeder Schritt, jede Bewegung sitzt, wie bei einem Zaubertrick, wo es darauf ankommt, sich in drei Minuten aus einer im Wasser versenkten Kiste zu befreien.

Kurze Zeit später steht er schon vor dem *Madison*, Romulus fest an der Leine haltend, und versucht sich an die Patricia von früher zu erinnern. Wie hat sie ausgesehen? Er weiß es nicht mehr. Schön natürlich, das wohl, eine Art Lollobrigida, die sich für allmächtig hielt im Hinblick auf Männer, was ihr die leicht lächerliche Ausstrahlung einer Raubtierbändigerin verlieh – und G hatte es noch nie geschätzt, nach einem Stöckchen oder einer Trillerpfeife zu tanzen! Doch in fünfzehn Jahren würde sie sich wohl ziemlich verändert haben.

Irrtum! Sie ist wie früher, nur gewissermaßen verkleidet als eine andere Frau. Das Herz bleibt ihm einen Moment lang stehen wie bei dem Schock dieser Begegnung mit dem vergangenen und dem heutigen Bild. Und gleichzeitig registriert er beiläufig das zu fett gewordene Gesicht, das zu tiefe Dekolleté, in dem der Busen mit seiner tiefen Falte aussieht wie ein weibliches Geschlecht, die Bluse mit den Schweißflecken unter den Armen, die dreiviertellange Hose, die das feine Netz von Krampfadern nur unzulänglich bedeckt... «Unfaßbar!» denkt G. «Es muß ihr alles egal sein. Sie scheint sich aufgegeben zu haben.» Offenbar hatte sie im Salon auf ihn gewartet, vor einem Glas mit einem grünen Getränk. Jetzt erhebt sie sich und kommt auf ihn zu. Irgendwelche Glitzerdinger funkeln an ihren Ohren, am Hals und an ihren Händen, mit denen sie eben mit einem Rest von Koketterie ihre inzwischen erblondeten Haare aufbauscht.

«Georges, mein Kleiner!» ruft sie. «Wie schön, dich zu sehen!»

Romulus gibt ein trockenes Bellen von sich. Diese Frau gefällt ihm überhaupt nicht. G zieht an der Leine und sagt:

«Ruhe! Das ist eine liebe Freundin!»

Dann umarmt er Patricia, einigermaßen zurückhaltend. Dieses erste Wiedersehen ist zweifellos etwas verunglückt, wie das oft passiert nach einer sehr langen Trennung.

«Möchtest du etwas trinken?» fragt sie. «Nein? Wirklich nicht? Nun, dann laß uns nach oben in mein Zimmer gehen. Dort werden wir ungestört sein.»

Der Aufzug ist fast zu klein für alle drei. Patricia ergreift als erste das Wort:

«Das ist er, nicht wahr? Der Hund, der gesucht wird. Ich weiß Bescheid, verstehst du? Also hast du Langlois getötet?»

Ein kurzes Schweigen, während der Lift sich quietschend nach oben bewegt. G entschließt sich zu einer Antwort:

«Ja, ich war das.»

«Nun, dann hast du wohl auch seine Papiere gelesen?»

«Ja.»

«Arbeitest du für Monsieur Louis?»

«Ja. Und was deine Telefonnummer betrifft, die habe ich in Langlois' Adreßbuch gefunden.»

«Ach, daher also!»

Der Aufzug hält im dritten Stock. Patricia geht voraus und erklärt:

«Ich fand es besser, ein Zimmer zu reservieren, weil mich das Autofahren immer so anstrengt. Ich fahre erst morgen wieder zurück. Du hättest schließlich auch zu mir nach Paris kommen können.»

Sie tritt zur Seite, um G und seinem Hund den Weg ins Zimmer freizugeben. Romulus macht sich unverzüglich daran, die Einrichtung gründlich abzuschnüffeln.

«Macht es euch bequem, ihr beiden», sagt Patricia. «Meinst du, daß er sich friedlich verhält? Weißt du, ich und Hunde... oh! Nicht daß ich etwas gegen sie hätte, aber du verstehst doch?...»

Sie geht ins Badezimmer, taucht einen Handtuchzipfel ins Wasser und tupft sich die Unterarme und Achselhöhlen ab. Dann kommt sie ins Zimmer zurück, setzt sich aufs Bett und fordert G auf:

«Na los, erzähl schon! Ich hab aus dem Radio erfahren, daß man den armen Langlois getötet hat, aber ich hatte keine Ahnung, daß du etwas damit zu tun hattest.»

«Wußtest du denn nicht, daß ich für Monsieur Louis gearbeitet habe? Nun, stell dir vor, umgekehrt ist es genauso: Ich wußte auch nicht, daß du für ihn tätig bist! Und wenn du willst, sollten wir uns jetzt über ein paar Dinge etwas Klarheit verschaffen, denn es gibt da einiges, was mich ziemlich beunruhigt.»

Sie hebt ihre mit Ringen bestückte Hand.

«Einen Moment noch, wenn du erlaubst. Ein kleiner Whisky wird uns sicher nicht schaden...» sagt sie, wählt die Nummer der Hotelbar und gibt die Bestellung durch. Dann wendet sie sich wieder an G:

«Denn mal los, mein lieber Georges! Du bist also beunruhigt? Nun, wenn du mich fragst, ich kenne dich eigentlich nicht anders. Nun, wo brennt's denn?»

«Denk doch mal nach! Ich komme hierher, und du sagst dir gleich, wenn Georges hier erscheint mit dem Hund des Präsidenten, dann war er es also, der den Alten getötet hat. Und da er für Monsieur Louis arbeitet, hat er wohl auch Order bekommen, mich umzubringen...»

Sie hebt die Schultern mit einem Klingeln ihres ganzen Schmucks und erwidert:

«Du hast überhaupt nichts kapiert!» Im gleichen Moment streckt sie die Hand unter die Kissenrolle und zieht sie, mit einer kleinen Automatik bewaffnet, wieder hervor.

«Du hast zwar deinen Hund – aber ich habe das hier!» sagt sie lachend.

Als sie die Waffe auf G richtet, fängt Romulus an zu knurren.

«Ist ja schon gut... Ich mach ja nur Spaß», sagt Patricia, steckt die Waffe wieder unter das Kissen und setzt ihre Rede fort:

«Du kannst dir doch wohl vorstellen, daß ich mir sicher war, nichts zu riskieren, wenn ich mich darauf einlasse, mich hier mit dir zu treffen. Monsieur Louis hat möglicherweise vor, sich meiner eines Tages einmal zu entledigen – aber noch ist es nicht soweit.»

«Hast du ihm gesagt, daß ich dich angerufen habe?»

«Natürlich.»

Es klopft. Der Zimmerkellner bringt das Tablett mit den Getränken. Romulus überwacht argwöhnisch jede seiner Bewegungen. Als G seine Pfeife stopft, hält ihm Patricia ihre Zigarettenpackung entgegen:

«Steck die Pfeife wieder ein, sonst stinkt es hier gleich wie auf einer Polizeiwache!»

Mit einem goldenen Feuerzeug zündet sie ihm eine Zigarette an. G nimmt ein paar Züge, während er Romulus streichelt, der sich unterdessen zwar ruhig hingesetzt hat, aber keineswegs bereit zu sein scheint, sich hinzulegen.

«Ich würde eigentlich ganz gerne wissen», meint G, «in welchem Verhältnis ihr zueinander steht, Monsieur Louis und du. Und warum man mich so schön abseits gehalten hat... und warum du Langlois über deine bevorstehende Abreise informiert hast, mit der Andeutung, daß du dich bedroht fühlst.»

In Patricias aufgedunsenem Gesicht zeigt sich eine Art belustigter Nachsicht, während ihre Augen ihn weiterhin mustern, mit der Wachsamkeit eines Pokerspielers. Schließlich nimmt sie einen großen Schluck Whisky und läßt sich plötzlich auf den Teppich gleiten.

«Wirklich bequem, auf diesen Betten zu sitzen!» sagt sie, etwas zu laut. «Und schließlich muß ich ja bei dir nicht die Form wahren!... Also schön, du willst, daß ich dir mein Leben beichte, aber vielleicht erinnerst du dich daran, daß wir uns getrennt haben, oder? Genauer gesagt: daß du mich fallengelassen hast... Über die Zeit, in der ich anschaffen ging, muß ich dir doch wohl nichts erzählen?»

Erneut nimmt sie einen Schluck Alkohol und behält ihn eine Weile im Mund, als ob sie Schwierigkeiten hätte, die Bilder der Vergangenheit hinunterzuspülen.

«Wenn ich Lucien nicht getroffen hätte – heute läßt er sich Monsieur Louis nennen, aber damals war er nur ein magerer Straßenkater mit dem Namen Lucien... ja, wenn ich ihm nicht begegnet wäre, wäre ich ins Wasser gegangen, verstehst du?»

«Also ein Zuhälter?»

«Sieht dir ähnlich, so zu reden... ich sage dir, wenn du es wagst, dich lustig zu machen über das, was ich dir gleich erzähle, dann hau ich dir eine runter! ...Lucien hat mich geliebt!...»

Sie beobachtet ihn, aber er zeigt keine Regung, obwohl er sich fragt, wie jemand diese fette Frau hat lieben können. Aber ja, er doch auch! Und dann also dieser Lucien! Und dann... All diese anderen Lieben, die grau und farblos an ihm vorbeidefilieren wie die endlose Wiederholung der nämlichen unbestimmbaren Silhouette in einem Friseurspiegel! Ekelhaft!

«Er hatte nichts Großartiges gelernt und hatte keine vernünftige Arbeit», fährt Patricia fort, «aber wenn man schon selbst nicht arbeiten kann, kann man wenigstens andere für sich arbeiten lassen.»

«Erpressung also?» erkundigte sich G.

«Genau!» bestätigt Patricia. «Ich war ein hübsches Ding, wenn du dich erinnerst, und Lucien hat ein wenig in mich investiert. Er hat sich Geld leihen müssen, um mir eine Wohnung in der Nähe vom Étoile zu beschaffen. Zwei Zimmer mit unverbaubarer Aussicht. Dazu die passende Garderobe für ein Callgirl erster Klasse, wenn du verstehst, was ich meine... Also hat es an Interessenten bald nicht mehr gefehlt, und sobald ich einen großen Fisch an der Angel hatte, zogen wir die Nummer mit den vielsagenden Fotos ab... ein paar Tausender gegen die Negative... es klappte nicht immer, aber Lucien konnte auch die Widerspenstigsten weichreden, und die Mücken fielen nur so vom Himmel.»

Sie benutzt das Wort «Mücken» ohne ein Zeichen von Gier, völlig leidenschaftslos wie ein Geschäftsmann, und G fühlt sich mit einemmal vor ihr wie der Kleinverdiener, der er in der Tat immer gewesen war. Patricia macht eine Pause, in der sie sich eine neue Zigarette anzündet, den Rauch durch die Nase bläst und mit einer geschickten Bewegung nach dem Aschenbecher greift, um ihn neben sich auf dem Boden zu deponieren.

«Ich will es kurz machen», sagt sie. «Man fängt klein an, aber dann wird man immer größer und mächtiger, wenn man die Dinge ernsthaft betreibt. Ich weiß nicht mehr genau, wann Lucien zu Monsieur Louis geworden ist, aber es muß ziemlich schnell gegangen sein. Und ich werde dir etwas sagen, das dich sicher überraschen wird: Während dieser ganzen Zeit – lach nicht! – haben wir uns geliebt! Ja, ganz richtig! Nicht auf die Art, wie das immer im Kino gezeigt wird... wir liebten uns, um immer mehr Geld zu machen. Oder, wenn dir das lieber ist: Einer drängte den anderen immer weiter und weiter. Ungefähr so, wie wenn man deinen wilden Köter da mit einem Weibchen zusammentäte, um immer besser zu werden bei der Jagd... das Ergebnis kannst du dir vorstellen! Wir hatten Zugang zu allen gesellschaftlichen Kreisen, wir haben nichts ausgelassen, weder die Drogen, die Glücksspiele, noch die Mädchen... Wir wollten es schnell schaffen, und wenn man sich so beeilt, eckt man natürlich auch manchmal an. Und so fing es allmählich an, daß rechts und links immer öfter der Name Monsieur Louis fiel.»

«Ich verstehe», sagt G.

«Halt doch den Mund! Du verstehst überhaupt nichts! ... Reich mir mal das Kopfkissen, ich spür meinen Rücken kaum noch.»

«Willst du dich nicht in den Sessel setzen?»

«Nein, es geht schon, danke... Ich habe gesagt, daß du nichts verstehst, weil es nichts zu verstehen gibt. Monsieur Louis betreibt eine völlig seriöse Import-Export-Firma, und ich bin die Inhaberin mehrerer Nachtlokale, in denen Schauspieler, Politiker, Filmmanager und die Damen der besten Gesellschaft verkehren, also alles Leute mit unantastbarem Ruf... Du kannst dir doch wohl vorstellen, daß wir unsere Vorkehrungen getroffen haben!»

«Und Langlois?»

«Warte, ich bin noch nicht zu Ende! Unsere Stärke lag darin, daß wir es immer verstanden haben, unsere Interessen miteinander zu verbinden, obwohl wir uns auch gegenseitig hätten bekämpfen können, denn ein Import-Export deckt so ziemlich alles ab, und du würdest es nicht glauben, wenn ich dir von den Verträgen und Verhandlungen erzählen würde, die bei mir stattgefunden haben – über die Brücke von Tonnay-Charente beispielsweise, die Schlachthöfe von Rocheville oder auch über die Cimenteries Südwest...»

«Genau die interessieren mich!» unterbricht G.

«Ach, die...» meint Patricia, «...nun, mit dem Einverständnis von Louis bin ich die Geliebte von Langlois geworden... bis er schließlich zu gefährlich wurde und uns gar nichts anderes übrigblieb, als ihn aus dem Wege zu räumen. Er war wirklich ein Irrer, der arme Kerl, und ich mußte ihm immer die kleinen Mädchen beschaffen, wenn er nach Paris kam. Dann kam der Moment, wo man ihm den Geldhahn zugesperrt hat... Und nun sind wir am Ziel! Louis wird die Cimenteries übernehmen wie vorher schon die Sägewerke von Morbihan und die Konservenfabriken von Finistère.»

«Erklär mir das genauer.»

Patricia drückt ihre Zigarette aus und zündet sofort eine neue an.

«Ich erzähl dir das alles nur wegen der guten alten Zeiten», sagt sie leise. «Weißt du, du hast dich nicht sehr verändert. Wenn ich gewußt hätte, daß du für Monsieur Louis arbeitest!... Aber es gab eben immer ein paar Dinge, die er für sich behalten hat. Er hat seine Leute, und ich hab meine. Auf diese Weise hat jeder seine Unabhängigkeit.»

«Also, was ist mit den Cimenteries?»

«Warum legst du nur soviel Wert darauf, das alles zu wissen?»

«Weil ich nun mal den alten Langlois getötet habe! Ich weiß zwar nicht, was ihr da für ein Süppchen gekocht habt, aber ich denke, ich habe wenigstens das Recht, darüber informiert zu werden!»

«Tja, also diese Angelegenheit...» antwortet sie nachdenklich, «...haben wir vielleicht nicht besonders gut gelöst.»

«Warum das?»

«Weil da politische Dinge mit hineinspielen. Es gibt da einen Zusammenhang mit der baskischen Untergrundorganisation ETA, und solche Sachen gefallen wir gar nicht! Wenn Louis auf mich gehört hätte, hätte er Langlois nicht beseitigen lassen... Und dann hat er auch noch dich damit beauftragt, ohne mir etwas davon zu sagen! Ich will dir etwas gestehen, mein kleiner Georges: Seit Louis seine Finger in die Politik gesteckt hat – und Politik und Terrorismus, das läuft schließlich auf eins hinaus –, seitdem frage ich mich, ob er nicht im Begriff ist, aus dem Gleis zu kommen und mich ebenfalls aus der Bahn zu werfen. Ich werd dir einen guten Rat geben: Halt dich raus aus der Geschichte, laß es!»

«Gerne, wenn ich kann!»

«Wie? Du wirst doch wohl irgendwo ein Eckchen für dich haben, wo er dich nicht finden kann?»

«Schon, aber du vergißt das Wichtigste: Ich besitze die Papiere des alten Langlois und spaziere sozusagen herum mit diesem Kerl hier, von dem die ganze Presse voll ist.»

Er streichelt Romulus, der sich mächtig zu langweilen scheint und ein tiefes Gähnen von sich gibt.

«Na und, sind die Papiere denn so belastend?»

«Ich glaube schon. Außerdem... du wirst auch auffliegen, denn es gibt auch einen Brief von dir.»

«Was!»

«Aber ja, ganz im Ernst. Ein paar Zeilen, in denen du ihm adieu sagst.»

Patricia lehnt ihren verschwitzten Rücken gegen die Wand, während G weiterspricht:

«Nach dem Brief zu urteilen, mußt du wohl auch seine Geliebte gewesen sein...»

«Bitte, laß das! Nicht in diesem ironischen Ton! Ja, ich war seine Geliebte, aber das ist schon ewig her! Was glaubst du denn, wie man solche Leute ködert? ... Und er hat mir immer ein bißchen leid getan.»

«Du hast ihm geschrieben, daß du dich absetzen willst. Ist das wahr?»

«Das war nur, um die Sache auf nette Weise zu beenden.»

G beugt sich ein wenig vor, um besser in diesem bis zur Unkenntlichkeit von Schminke entstellten Gesicht lesen zu können.

«Nun komm schon», sagt er mit einem bösen Lächeln, «du hast genau gewußt, daß ihn jemand beseitigen soll!»

«Aber nein! Ich schwöre!»

«Na schön, dann hast du's dir eben denken können! Das ist dasselbe. Weißt du, das ist nicht der Augenblick, wo wir beide uns gegenseitig etwas vormachen sollten. Ein Glück, daß dieses arme Unschuldslamm uns nicht versteht, sonst würde er sich bestimmt heulend davonmachen! ... Aber im Unterschied zu dir töte ich wenigstens ohne Ausreden und Getue, während du das alles nett einpackst, hier ein bißchen tröstest und da ein wenig streichelst, damit du die gute Rolle spielen kannst.»

«Das reicht jetzt!» schreit Patricia. «Ihr werdet noch sehen, daß ich die Prügel dafür einstecken werde.»

Romulus steht auf und beschnüffelt diese seltsame Frau, die sich gerade am Bett hochhangelt, um auf die Beine zu kommen. Dann zieht sie ihre Bluse glatt und holt sich einen Hocker aus dem Badezimmer.

«Verdammt unbequem hier!» schimpft sie. «Möchtest du noch einen Whisky?»

Sie ruft die Rezeption an und schlägt einen Befehlston an, der einem gute Lust macht, sie mit ihren Wünschen zum Teufel zu schikken. Mit weit freundlicherer Stimme wendet sie sich dann wieder zu G und lenkt ein:

«In Ordnung – ich hab so etwas geahnt, als er nicht mehr bezahlen konnte. Also hab ich es vorgezogen, etwas auf Distanz zu gehen...»

«Klammheimlich, auf Zehenspitzen?» fragt G.

«Du wirst gleich noch Gelegenheit haben, deine Gemeinheiten zu bereuen», antwortet sie ganz gelassen, ohne jede Bosheit. «Und? Was wäre sonst noch?»

«Gewisse Rechnungsauszüge über Indo-Suez.»

«Noch etwas?»

«Verschiedene Briefentwürfe. Einen an einen gewissen Paul, in dem Langlois von seinen Selbstmordabsichten spricht und von einem gewissen Bernède, der als Mittelsmann zu geheimen Organisationen in Spanien gedient haben muß...»

«Aha, das hab ich befürchtet.»

«Soll ich weitermachen?»

«Na, los schon. Aber beeil dich!»

«Nun, er beschuldigt Monsieur Louis, gegen den er allem Anschein nach ein Dossier zusammengestellt hat.»

«Und wo ist es, dieses Dossier?»

«Er hat nicht mehr die Zeit gehabt, es anzulegen.»

«Dann gibt es ja noch eine Chance!» sagt sie. «Ich habe Louis gewarnt: Erpressung, das ist ein ruhiges Geschäft, aber diese politischen Affären – das ist einfach beschissen!»

Vielleicht liegt es daran, daß er allein lebt, aber G pflegt jedenfalls nur höchst selten einmal zu fluchen. Er ist trotzdem in diesem Moment nicht schockiert, fühlt sich aber doch etwas unbehaglich, als er fortfährt:

«Dann gibt es da noch seinen Terminkalender, eine Art Logbuch eines betagten Schürzenjägers. Mit einer ganzen Sammlung von Adressen. Deine ist selbstverständlich auch darunter.»

Der Zimmerkellner bringt die neue Bestellung. Patricia befeuchtet eine Serviette, tupft sich Stirn und Nacken, fischt dann einen Eiswürfel aus dem Kübel und lutscht ihn, wobei sie Grimassen schneidet, als ob sie sich die Zunge verbrannt hätte.

«Ah, das tut gut! ... Und, was gibt es noch?»

«Nun, ich kann dir nur sagen, daß ich diesen ganzen Papierkram noch nicht genau unter die Lupe genommen habe, aber das wenige, was ich gelesen habe, schien mir doch schon enorm gefährlich!»

«Kann ich mir vorstellen», räumt sie ein. «Das Problem mußte gelöst werden – und zwar schnell. Zumal der Präsident mit allen möglichen einflußreichen Leuten verwandt und bekannt war.»

G steht auf, um sich etwas zu entspannen. Romulus springt auf und schüttelt sich, bereit, dieses enge, nach Desinfektionsmitteln riechende Zimmer unverzüglich zu verlassen.

«Fassen wir also zusammen», sagt G, während er in seinen Taschen nach den Streichhölzern sucht. «Damals bin ich dein Liebhaber gewesen, dann warst du die Geliebte von Monsieur Louis und bis vor kurzem auch von Langlois... wir sind also alle drei gewissermaßen miteinander verwandt. Wir müßten uns demnach gut verstehen können. Was hindert uns also daran?»

«Aber mach dir das doch mal richtig klar!» sagt Patricia. «Du gehst deiner täglichen Arbeit nach, erledigst deine Jobs und machst es dir einfach. Aber wir! Ich!... Was ich mir vorstelle, ist eine internationale Callgirl-Kette, ein Multi-Unternehmen oder wie immer du das nennen magst, auf jeden Fall ein ganzes Netz, das sich überallhin erstreckt. Was mit Langlois funktioniert – und uns übrigens Tausende eingebracht hat, das läuft bestimmt auch in größerem Umfang –, allerdings nur unter der Bedingung, daß man die Geschäfte nicht durcheinanderbringt. Auf der einen Seite die Mädchen und auf der anderen Seite, schön getrennt, die terroristischen Aktivitäten. Und mit Louis ist es eben so...»

Sie macht eine Pause, um einen Schluck zu trinken. G benutzt die Gelegenheit, um seine wichtigste Frage zu stellen:

«Ich würde ihn gern kennenlernen. Du mußt doch zugeben, es ist einigermaßen ungewöhnlich, so lange für jemanden zu arbeiten, ohne ihn je von Angesicht zu Angesicht gesprochen zu haben. Dabei hätte ich ihm einiges zu sagen... Zum Beispiel, daß es nicht allein meine Schuld war, wenn die Affäre Langlois nicht ganz nach Wunsch gelaufen ist.»

«Aha, siehst du!» schreit sie. «Du hast also auch gemerkt, daß er nicht gerade von den besten Leuten beraten ist! Und wenn man dann auch noch anfängt zu improvisieren...»

«Um auf den Punkt zu kommen», sagt G, «gibt es da vielleicht irgendwelche Rivalitäten?»

Überraschenderweise wird sie nicht böse, sondern bricht in lautes Lachen aus, daß Romulus erschreckt zusammenzuckt.

«Du solltest das alles vergessen», rät sie G.

«Aber ich bitte dich!» protestiert er. «Wie die Dinge liegen, verfüge ich über genauso gefährliche Informationen wie Langlois, und deshalb müßte ich eigentlich aus denselben Gründen liquidiert werden wie er. Das ist der Grund, warum ich dich gebeten habe, dich mit mir zu treffen. Was soll ich tun? Weißt du, was Monsieur Louis vorhat?»

Sie scheint das Für und Wider einer offenen Antwort abzuwägen. Endlich zu einem Schluß gekommen, sagt sie:

«Du selbst bringst uns alle in Gefahr – nicht so sehr diese Papiere. Kannst du dich nicht für eine Weile verstecken?»

«Doch, natürlich.»

«Mit diesem verfluchten Hund?»

«Das ist meine Angelegenheit», sagt er schroff und legt schützend seine Hand auf Romulus' Kopf.

«Ist ja schon gut! Also, dann seht zu, daß ihr bis zum Ende dieses Monats verschwunden bleibt. Das wird reichen, damit er euch vergißt. Als er jünger war, hat er nie jemanden vergessen, aber im Moment haben wir beide zu sehr den Kopf voll mit unseren Geschäften.»

G will antworten, aber ihre stark parfümierte Hand schließt ihm die Lippen.

«Nein, sag nichts. Ich will gar nicht wissen, wohin du dich geflüchtet hast. Auch nicht, ob du dort ein Telefon hast oder welchen Namen du gerade trägst. Ich kenne dich einfach nicht mehr, verstehst du? Alles was ich von dir will, ist, daß du Louis diese Papiere schickst.»

«Weiß er, daß ich hier bin?»

«Er weiß überhaupt nichts! Und wenn du vorsichtig bist, wird dir nichts passieren.»

Sie lächelt, und G hat den flüchtigen Eindruck, das Gesicht von früher wiederzusehen.

«Er wird außer sich sein», sagt er.

«Na schön, dann ist er eben außer sich.»

Sie steht auf, mit einer plötzlichen, heftigen Bewegung. Romulus fängt an zu knurren, und G gibt ihm einen strafenden Klaps auf die Schnauze.

«Bei ihm muß man aufpassen, daß man sich nicht zu stürmisch bewegt», erklärt er.

«Wirklich, ein reizendes Tier», scherzt Patricia. «Vielleicht liegt es auch eher daran, daß er mich nicht besonders mag. Könntest du ihm nicht einmal klarmachen, daß es einmal Zeiten gegeben hat, in denen wir beide uns sehr nahe gestanden haben?»

Ganz langsam tritt sie dicht zu G heran und flürstert:

«Wir werden uns so bald nicht wiedersehen... wenn du trotzdem willst... was mich angeht, ich will!»

Sie streckt die Hand zu seinem Gürtel aus, aber G hält sie am Handgelenk fest und sagt schweratmend:

«Nein, nicht hier vor ihm.»

In einem Anflug von Mut streichelt sie leicht über die Ohren des Hundes und sagt leise:

«Es ist zu dumm mit der Liebe! ... Also los, gehen wir! Es ist alles gesagt.»

Nach mehreren vergeblichen Versuchen findet G endlich einen 2 CV, der sich ohne Schwierigkeiten öffnen läßt. Mit einem solchen Wagentyp wird er kaum Gefahr laufen, in einer Straßensperre angehalten zu werden.

«Na, hat sie dir gefallen?» fragt er Romulus. «Weißt du, im Grunde ist sie unsere Rettung. Ich weiß nicht, ob ich imstande gewesen wäre, noch einmal zu fliehen... Aber wir müssen natürlich trotzdem die Augen offenhalten.»

Zu Hause sind sie gleich wieder bei ihren lieben Gewohnheiten; Romulus nagt an seinem Knochen, G an seiner Pfeife. Ein kurzer Rundgang – keine besonderen Vorkommnisse. Während er eine Suppe zubereitet, erklärt er dem Hund:

«Den Leuten im Dorf werden wir sagen, daß wir einen kleinen Blechschaden hatten und man mir den 2 CV geliehen hat, um mir aus der Patsche zu helfen.»

Er hat wieder ganz den alten Schwung und pfeift munter vor sich hin, als er den Tisch deckt und zu seinem Hund sagt:

«Von jetzt an wirst du hier bei mir am Tisch sitzen und versuchen, eine gute Figur zu machen. Und dann werd ich dir noch eine gute Neuigkeit mitteilen: Monsieur Louis, der kann uns mal... du weißt schon, was ich meine!»

10

G stellt fest, daß er neuerdings gar keine Zeit mehr hat, sich zu langweilen. Früher ist ihm die Ruhe schon nach ein paar Tagen zuviel geworden, vor allem bei schlechtem Wetter, wenn er das Haus nicht verlassen konnte. Er hat immer zu den Leuten gehört, die mit Büchern nichts anfangen können und nur einen zerstreuten Blick übrig haben für die Fotos in den Illustrierten und meist auch noch sofort verärgert sind über die schrecklich selbstgefälligen Aufnahmen der Großen dieser Welt. Beim Fernsehen pflegt er sofort einzuschlafen, obwohl ihm spannende Krimis gut gefallen könnten. Aber sobald der böse Mörder erscheint, ist er schon aus dem Häuschen über das ganze unechte Getue. Also beschäftigt er sich lieber mit den Händen, und sein größtes Freizeitvergnügen ist die Herstellung von Anglerfliegen. Es geht ihm dabei keineswegs um möglichst naturgetreue Abbildungen, im Gegenteil, am besten gefallen ihm die unwahrscheinlichsten Gebilde, die einer Fliege schon gar nicht mehr ähnlich sehen. Kleine haarige Dinger in den schillerndsten Farben, die so provozierend aussehen, daß sie ganz besonders anziehend wirken.

Gewöhnlich verbringt er den ganzen Tag draußen und kehrt erst gegen Abend nach Hause zurück. Die Dämmerstunde ist die Zeit, in der man ganz auf sich gestellt ist und sich nehmen muß, wie man ist. Man nimmt vielleicht ein Eckchen Käse zu sich oder ein Stück Wurst, ohne Umstände, an einem Eckchen des Tisches. Kochen? Wozu denn? G geht durch die Zimmer, macht überall das Licht an, raucht seine Pfeife. E ist weder zufrieden noch unzufrieden. Er wartet. Morgen, wenn er wieder in Paris ist, wird er vielleicht eine Botschaft vorfinden und wieder sein Bündel schnüren. Danach wird er wieder viel Geld bekommen, und jede Minute wird ihm doppelt so lang erscheinen, weil er immer auf der Hut sein muß. Eigentlich lebt er wie ein wildes Tier. Es gibt die Zeit der Jagd und die Zeit der Verdauung, die Zeit des Wachens und die Zeit des Schlafens, aber vor allem gibt es jetzt die Zeit von Romulus, der alle diese Momente auf eine so überzeugende Weise vereint; diese Momente des Rudelführers, des Vaters, der gar keine Zeit mehr hat für sich selbst, weil er ständig damit beschäftigt ist, mit einem Auge, einem Ohr, einem

Nasenloch den ungestümen, unberechenbaren Nachwuchs zu überwachen.

«Hierher, du Bengel! Bei Fuß!...Wenn ich sage ‹bei Fuß›, dann heißt das nicht, daß du mir die Zehen abfressen sollst!»

Die Dressur dauert nie sehr lange, denn Romulus hat sehr schnell begriffen, daß er nur einen bestimmten kleinen Freudenschrei auszustoßen braucht, und schon ist Schluß mit der Disziplin. Dann nimmt G seinen Kopf zwischen die Hände, zieht ihn ganz nah an sein Gesicht heran und sagt: «Rede mit mir... so wie vorhin... du weißt schon, mit der Kinderstimme... Komm, ich mach's dir vor.»

Er ringt sich eine Art rauhes Keuchen ab, das in einem lauten Lachen endet, versetzt dem Tier ein paar Nasenstüber mit dem Kopf und befiehlt:

«Los jetzt! Raus!»

Romulus kennt sich bereits bestens aus auf dem Forstweg. Er wagt sich weit hinaus, verschwindet im Unterholz und durchstöbert hingebungsvoll das welke Laub. G weiß, daß der Hund dabei nichts riskiert. Schlangen kommen hier nicht vor, das hat er festgestellt.

Sie verbringen eine schöne, ruhige Zeit. Mehrere Tage sind schon vergangenen, und Romulus hat bisher noch kein Zeichen von Unruhe gezeigt. Rund um das Haus wittert er nur die Gerüche von Menschen, die er kennt; vom Metzger, vom Lebensmittelhändler, vom Feldhüter oder von den Waldarbeitern, die nie versäumen, die Hand zum Gruß zu heben, wenn sie mit ihren Mopeds ins Dorf hinunterknattern.

«Adios!... Ciao!... Agur!... Buenos!» rufen sie dann, und G grüßt ebenso freundlich zurück. Er fühlt sich immer an die Zeiten im *Médrano*, im *Amar* oder bei Jean Richard erinnert, wo auch alle Sprachen als Ausdruck der allgemeinen Lebensfreude durcheinanderschwirren. Manchmal wagt er sich auf den Spaziergängen bis an den Holzabschlag vor, den Romulus so spannend findet. Was riskiert er schon dabei? Die Sägen stecken im Boden, und ihre Metallbänder funkeln im Sonnenlicht. Romulus umgeht sie in respektvollem Bogen, wälzt sich in den Haufen von Sägespänen, aus denen er eingemehlt und niesend wiederauftaucht, um sich zu schütteln und eine helle Staubwolke zu verbreiten.

«Hierher!» befiehlt G. «Wie komm ich nur an einen so unmöglichen Hund? Weißt du, wie du aussiehst mit deinem Clownsgesicht? Wie Patricia! Ja, ganz genau!»

Mit einem Kleenextuch putzt er dem Hund das Gesicht ab, das ganz verschmitzt guckt und doch tatsächlich zu lachen scheint! Die Waldarbeiter haben ihren Spaß und lassen den Hund hin und her laufen, bis er nicht mehr kann und sich erschöpft auf ein schattiges Plätzchen fallen läßt.

Die Pause wird ein wenig ausgedehnt, solange der Vorarbeiter noch keine Eile zeigt, wieder zur Arbeit zu rufen. Es ist ein Bild des Friedens, dieser schlafende Hund, dessen Schnauze auf dem Schoß seines Herrn ruht, daß sich Ferienstimmung ausbreitet auf dem Lagerplatz. G pafft in kleinen Zügen an seiner Pfeife. Er ist leider kein Mann des Wortes, aber wenn er sich besser ausdrücken könnte, würde er jetzt ganz leise, und nur für sich und seinen Hund, sagen: «So sieht also das Glück aus.» Mit einem trägen Wedeln seines Schwanzes pflichtet Romulus ihm bei. Es ist wahr, die Zeit spielt für sie beide keine Rolle mehr, auch nicht das Klopfen des Dieselmotors, der seine Arbeit wiederaufgenommen hat, oder das schrille Pfeifen der Säge, die sich durch das Holz frißt. In diesem Winkel des Waldes sind sie beide so weit von allem weg. Monsieur Louis hat ihre Spur verloren. Auch wenn er vielleicht ihren Weg bis nach Nantes rekonstruiert hat – von da an verliert sich die Fährte im Nichts. Und außerdem hat er zweifellos wichtigere Sorgen... Wenn er sich tatsächlich jetzt mit Waffenhandel abgibt, wie Patricia es hatte durchblicken lassen, dann hatte er das lebhafte Interesse, sich selbst zu verstecken. Zum Teufel also mit dem Killer und seinem Hund, jawohl... möglicherweise... vielleicht... man wird sehen...

G möchte sich gern selbst überzeugen, und trotzdem fühlt er einen Hauch von Zweifel, denn er ist sich immer der Tatsache bewußt gewesen, mit Monsieur Louis durch einen festen Pakt verbunden zu sein. In einem Bündnis per Hand, von Mann zu Mann, Auge in Auge, in dem nicht der Schwächere unterliegt, sondern auf geheimnisvolle Weise derjenige von beiden, der feiger ist als der andere. Und er hatte die Flucht gewählt. Wie immer man das nennen wollte – Gehorsamsverweigerung, eine plötzliche Anwandlung von Würde bei dem Ansinnen, ein wehrloses Tier abzuschlachten – er war jedenfalls geflohen, und es war nicht ausgeschlossen, daß Monsieur Louis bereits jemanden beauftragt hatte, das zu ahnden, während er selbst wichtigeren Geschäften nachging. Aus diesem Grund war es wichtig, Romulus pausenlos zu beobachten. Er war so etwas wie ein Indikator für Gefahr, eine Art Alarmanlage, die jederzeit reagierte auf ein Rascheln, ein Knarren, einen ungewöhnlichen Lufthauch. Und auch vor dem Dorf mußte man sich in acht nehmen, denn der Fluß, einst eine Domäne friedlicher Angler, war inzwischen ein Tummelplatz für alles, was sich mit einem Motor fortbewegte, angefangen von den Lastkähnen voller Heizöl bis zu den Hausbooten, den kleinen schwimmenden Eigenheimen, auf denen sich die Leute durch die malerische Bretagne treiben ließen. Es genügte, daß irgendein Sommergast haltmachte und die Dorfbewohner fragte: «Haben Sie vielleicht einen Mann mit einem hinkenden Schäferhund gesehen?»... und schon nahm das Gespräch seinen Lauf: «Aber ja, der wohnt doch in der Nähe von La Touche-Thébaud... den können Sie gar nicht verfehlen... Da entlang! Geradezu durch den Wald!» Und der Tod machte sich auf den Weg, unter der Maske eines Urlaubers in Hemd, Shorts, baumelnder Fototasche – und darin die Magnum, Kaliber .85!...

Schluß mit den Phantastereien! Wirklich seltsam, wie leicht man von einem Gefühl des Friedens in eine dumpfe Angst abrutschen kann, und alles nur wegen dieses Hundes, den man schließlich auch nicht verschonen wird. Eine entsetzliche Vorstellung, so erschrekkend, daß der Hund sie aus der Stimmung von Glück und Frieden herausspürt und wachsam den Kopf hebt. Eine Kugel, ja, das war noch akzeptabel, wie der Todesstoß der Stierhörner in der Arena... Das war eben das Metier! Ein Todesschütze wußte genau, wohin er zu zielen hatte, er war wie ein Chirurg, der die Lage jedes wichtigen Organs auswendig kannte. Darauf war Verlaß. Aber was wußte so ein Mann über Hunde? Wohin mußte man zielen, um einen Hund mit einem Schuß zu erlegen?

G hält den Gedanken an einen langen Todeskampf von Romulus einfach nicht aus. Das einmal gesehen zu haben, hat ihm gereicht! Seine Handflächen werden ganz feucht bei dieser Erinnerung. Es ist vorbei mit der Ruhe und dem Frieden! Rundum erstreckt sich der Wald, wie ein Theater oder ein Boxring, wie ein unwirtlicher Ort, an dem der Tod auf jeden Unschuldigen lauert. Mit einem Pfiff gibt G das Zeichen zum Aufbruch. Zu Hause werden sie sicherer sein...

Ein Wink, um sich von den Holzfällern zu verabschieden, die ihre Arbeit einen Moment unterbrechen, um dem Mann und seinem Hund nachzusehen, wie sich beide auf dem Waldweg entfernen und schließlich zwischen den Bäumen verschwinden. Auch diese Männer könnten, ganz ohne bösen Willen, zu Verrätern werden... G faßt den Entschluß, nie mehr ohne seinen Revolver auszugehen. Weder aus besonderer Vorsicht noch aus Panik, sondern nur aus dem Bedürfnis heraus, jederzeit startbereit zu sein wie ein Sportler, der sich fit halten will. Man sieht ja, was dabei herauskommt, wenn man die Waffen niederlegt. Man wird ein Spielball aller möglichen Freuden und Ängste, man verweichlicht, von innen her. Es ist sogar schon so weit, daß man nicht mehr auf seine linke Hand zählen kann! Höchste Zeit, die Muskeln wieder zur Ordnung zu rufen, die offenbar glauben, sich einen bezahlten Urlaub leisten zu können!

G sammelt ein Stöckchen vom Wege auf, streckt es dem Hund entgegen, als hielte er einen Degen, und ruft:

«Los, spring!»

Der gute Hund! Schon springt er voller Vertrauen hoch, denn schließlich hat sein Meister gesagt, daß er das darf, und nun ist er ganz außer Rand und Band, saust im Kreis herum, dreht sich um sich selbst und bellt, damit das Spiel wiederholt wird. Es ist ein Wunder, dieses pralle, unerschöpfliche Leben, diese Freude, mit der sich das Tier in völlig nutzlosen Bewegungen verausgabt, aus reinem Spaß daran, die wildesten Luftsprünge zu machen und dabei immer wieder den Kopf umzudrehen, um sich zu vergewissern, daß man ihm auch zuschaut... He, du! Siehst du mich? Das mach ich schließlich für uns beide! Ich renne, ich belle, ich bin der Schrecken des Waldes!...

Ich fang allmählich an zu spinnen, denkt G, der sich immer wieder zur Ordnung rufen muß, um Romulus nicht ständig als Gesprächspartner zu betrachten, mit dem man endlos stumme Dialoge führen kann. Inzwischen ist das Haus in Sicht, und Romulus wechselt die Gangart. Jetzt gehört die Nase an den Boden, man muß alle Düfte aufnehmen und den einzelnen Fährten zuordnen. Das ist ungefähr so, als würde man mit der Nase unsichtbare Türen aufstoßen, eine nach der anderen, jedesmal ein anderer Geruch – und schon ist man zu Hause. Jetzt wird G trotzdem noch die Fenster- und Türriegel vorlegen, nur die Fensterläden im Wohnzimmer angelehnt lassen, wie Schießscharten, um von da aus – die Pistole in Reichweite – den Weg im Auge behalten zu können. Das abendliche Bad wird man in der Küche nehmen und gemeinsam in der Wanne herumpanschen. Und dabei versucht man dann, nach der Seife zu schnappen...

«Laß los! Willst du das wohl loslassen, du verrücktes Vieh! Meine Güte, wer hat mir nur einen so dummen Hund angetan?»

Es ist immer noch so warm, daß man zum Schlafen nur eine Pyjamahose braucht.

«Und heute nacht hältst du den Mund!» sagt G. «Ich hab keine Lust, dauernd zu quatschen!»

Dabei bleibt es natürlich nicht. Als es ihm endlich gelungen ist, Romulus' Hinterteil auf sein schmales Bett zu hieven, weil der Hund allein nicht zurechtgekommen ist, und als das Tier sich endlich an seiner Seite ausgestreckt hat, muß G schon wieder schimpfen:

«Du sollst mich nicht immer ablecken, hast du verstanden? Das kitzelt doch! Laß das! Wer ist hier der Chef, na?»

Es tritt Stille ein, allerdings nicht für lange.

«Weißt du», sagt G zu seinem Hund, «bald ist das alles vorbei. Ich werde keinen Vertrag mehr annehmen. Erstens, weil ich jetzt sicher unter so einer Art Berufsverbot stehe. Und zweitens, weil ich auch nicht mehr so richtig will. Warum? Das weiß ich auch nicht, aber wahrscheinlich, weil ich jetzt mit dir einen Vertrag habe. Wie viele Leute ich getötet habe? Weißt du, ich erinnere mich nicht einmal mehr. Auf jeden Fall waren's so viele nun auch wieder nicht. Nie irgendwelche Frauen und nie von nahem! Schließlich hab ich nichts gegen das Töten, aber ich bin kein Mörder! Wenn man mal absieht von diesem armen Langlois... hätt ich da doch bloß einen anderen Weg gefunden! Mir war es immer am liebsten, wenn die Kunden nur irgendwelche Schatten waren, man könnte auch sagen, eine Art Nichts. Natürlich ist es nicht so, als ob du jemanden, auf den du aus zweihundert Metern Entfernung anlegst, nicht erkennst, aber du nimmst ihn nur nebelhaft, wie einen kleinen Pfosten im Gelände. Dafür brauchst du sowohl Grips als auch ein gutes Auge, denn das Zielfernrohr verzerrt alles ein bißchen... bildet so eine Art Lichthof, wenn du weißt, was ich meine. Ich erinnere mich da an einen... einen gewissen Mallory, einen Typ, der irgendwelche Rennpferde unterhielt in Auteuil... Erschien frühmorgens auf der Bahn, am

Steuer seines Jaguar, um einen Rundgang durch seine Boxen zu machen... Weißt du, ich mach mir nicht viel aus Pferden, ist doch wohl mein gutes Recht, nicht wahr? ...Aber er! ...Ist doch komisch, wenn du Hunde magst, magst du keine Gäule... entweder bist du nur für Hunde oder nur für Pferde? So war's schon im Zirkus... Jedenfalls, dieser Mallory zieht sich also seinen kleinen Morgenritt rein – ich sage dir, das ist keine Kleinigkeit, so ein Typ im Trab! – und, baff!, hat er eine Kugel in dem, was man so den Wanst nennt. Und, tock!, gibt's keinen Mallory mehr! Natürlich kannst du das nicht überall herumposaunen, aber trotzdem fühlst du dich hinterher ganz stark. Schläfst du schon? He, bist du etwa eingeschlafen?»

Tatsächlich, der Hund schläft. Sein regelmäßiger Atem streicht über die Haut und hinterläßt auf ihr zwei dünne Bahnen von Frische. Von Zeit zu Zeit geht ein leises Zittern über die Schnauze, und die Pfoten zucken, als ob sie zu einem Sprung ansetzen wollten.

«Ruhig, ganz ruhig», sagt G besänftigend und zieht das Tier etwas fester an sich heran. «Das ist nur eine Waldmaus, die tut uns nichts... Du wirst sie dir morgen holen...»

Die Nacht geht vorüber. Als G aufwacht, hört er eine Weile dem Geschrei der Mauersegler zu, freut sich an dem einfallenden Tageslicht und erkennt an dessen Farbe und Intensität, daß es schönes Wetter geben wird. Seltsam, so viele Tote hat er auf dem Konto, und trotzdem kann er mit Genuß einen neuen Tag angehen.

«Raus aus den Federn!» ruft er. «Gleich gibt's das gute Süppchen!»

Schon gehen die morgendlichen Zärtlichkeiten wieder los, das Ablecken, das Schwanzwedeln, das Kneifen und Zwicken.

«Ja doch, ja, guter Hund, schöner Hund! Aber das ist doch kein Grund, mir auf die Füße zu treten...»

Schnell eine Runde durch den Garten. Es ist höchste Zeit! Dann der Brei, das Gemansche im Futternapf, und schließlich gibt es endlich den Knochen. Ein dickes Ding mit einem Loch in der Mitte, in dem sich das Mark versteckt hat, der Gipfel von allen Fleischsorten, den man mit der Zunge ganz geduldig umwerben, locken, beschwören und hervorbitten muß, bis man schließlich den Knochen fest zwischen die Vorderpfoten klemmt und ihn etwas nachdrücklicher bearbeitet. Das ist der einzige Augenblick des Tages, an dem G allein ausgehen kann, ohne Erklärungen abgeben zu müssen, und da er ein eingefleischter Junggeselle ist, behagt es ihm ganz gut, wenigstens für kurze Zeit nur für sich zu sein.

Er stopft seine Pfeife und geht ein paar Schritte in Richtung Wald. Irgend etwas ist heute nicht wie sonst. Was ist mit den Holzfällern? Man hört sie nicht. Vielleicht ein Streik? Seltsam ... Er geht ein Stück weiter, horcht in den Wald. Nichts. Sogar die leichte Morgenbrise erstirbt wie eine matte Meereswelle lautlos in den Wipfeln der Bäume. Von einem plötzlichen Verdacht ergriffen, tritt er den Rückzug an und vergewissert sich zunächst, daß Romulus mit seinem Knochen noch sehr beschäftigt ist. Dann schließt er leise die Tür und steckt vorsichtshalber seinen Revolver in die Tasche. Er ist nicht wirklich beunruhigt, dafür gibt es keinen Grund! Er ist nur vorsichtig.

Die Holzarbeiter übernachten oft im Wald, vor allem wenn es draußen so warm ist. Der Vorarbeiter hingegen schläft immer in Guenrouet, und wenn es plötzlich einen Unfall gegeben haben sollte ... Dann muß man ihn unbedingt benachrichtigen, und das nächste Telefon ... G springt mit einem Satz auf. Das nächste Telefon ist in seinem Haus! Also wird es nicht mehr lange dauern, und irgend jemand wird hier auftauchen, auf dem Fahrrad oder mit dem Moped. Rasch durchquert er ein zweites Mal seinen Garten und stößt fast mit einem großen schwarzen Teufel zusammen, in dem er sofort den «Griechen» erkennt, wie ihn seine Kollegen immer nennen.

«Kann man vielleicht mal telefonieren?»

«Natürlich», antwortet G. «Ist etwas passiert?»

Im nämlichen Augenblick ertönt ein rasendes Gebell, und der Mann bleibt wie angewurzelt stehen. G hat noch nie eine so geballte Wut erlebt. Mit allen vieren rennt Romulus gegen die geschlossene Tur an, entfesselt wie der Wolf, von dem er abstammt, bellt und röchelt, daß sich seine Stimme fast überschlägt, kratzt an dem Holz und wirft sich gegen das Hindernis.

«Ruhe jetzt!» schreit G. «Wirst du wohl aufhören mit dem Theater!»

Romulus ist verstummt, scheint einen Augenblick Luft zu schöpfen. Völlig eingeschüchtert erkundigt sich der Grieche, ob der Hund gefährlich ist.

«Nur ein bißchen wild, das ist alles. Sie haben ihn doch schon gesehen, draußen im Wald! Hier entlang geht's zum Telefon.»

Mit einer Entschuldigung geht der Grieche an G vorbei und versucht ihm klarzumachen, daß sich zwei seiner Kameraden geprügelt haben, daß der Jugo dann mit dem Messer zugestochen hat und sie deshalb jetzt einen Arzt brauchen.

«Ich werde mich darum kümmern», sagt G. «Der Jugo... ist das der Jugoslawe?»

«Ja.»

«Ging's um eine Frau?»

«Ja.»

«Nun gut. Bleiben Sie besser nicht hier stehen... Und du Wahnsinniger, du hältst den Rand!»

Als der Grieche sich auf den Rückweg gemacht hat, ruft G in Guenrouet an.

«Hallo? Doktor Bellanger? Sie werden gebraucht, draußen bei den Holzarbeitern. Es hat da eine Schlägerei gegeben. Viel mehr weiß ich nicht, aber die Sache ist zweifellos ernst. Mein Name ist Georges Vallade, und ich wohne direkt am Waldrand. In dem kleinen Haus, etwas abseits von der Straße. Wie bitte? Ich soll die Polizei benachrichtigen? Offengestanden wär's mir lieber, mich aus der ganzen Angelegenheit herauszuhalten... Na schön, ich werde das Nötige veranlassen.»

Das ist wirklich ein harter Schlag, denkt er. Jetzt hab ich auch noch die Polizei am Hals! Ganz in Gedanken versunken öffnet er die Tür, um Romulus hereinzulassen, und schon donnern ihm vierzig Kilo Hund vor den Leib.

«Lieber Himmel, laß mich in Ruhe! Ja doch, ja, ich bin's wirklich! Ja, das ist die Hand von Herrchen! Und das ist sein Gesicht, ja, ja! Also, willst du jetzt friedlich sein? Keine Sorge, er ist weg, der gute Mann. Hast ja recht, er hat nach Knoblauch gestunken, aber dafür kann ich doch nicht...»

Während er auf den Hund einredet, wählt er die Nummer der Gendarmerie.

«Ich rufe an, um zu melden, daß es eine Schlägerei gegeben hat, draußen bei den Holzfällern... Ich heiße Georges Vallade und bin auch eben erst von einem der Arbeiter benachrichtigt worden, weil ich hier in der Gegend der einzige bin mit einem Telefon... Ob es ernst ist, kann ich Ihnen nicht sagen... Nein, ich mache Urlaub hier, in meinem Haus... Ich schreibe gerade an einem Buch und wäre ganz dankbar, wenn ich nicht allzu lange gestört würde. Ja, genau, Vallade, wie man es spricht... Ach so, Sie sind noch neu hier... aber Ihre Kollegen kennen mich sicher vom Sehen... Einverstanden, also dann, bis nachher!»

Er legt den Hörer auf und läßt seinen Revolver verschwinden, während er vor sich hinmurmelt:

«Das hat mir grade noch gefehlt! Jetzt haben wir die Typen am Hals, darauf kannst du wetten!»

Vor Polizisten hat er sich schon immer gefürchtet. Sie sind ständig auf der Suche, wühlen und schnüffeln überall herum und stellen eine Frage nach der anderen – alles im Dienste der Untersuchung. Im Prinzip jedenfalls, aber in Wirklichkeit tun sie es nur, um ihre eigene, unerschöpfliche Neugier zu befriedigen, pirschen sich über Klatsch und Tratsch langsam vor, bis sie aus lauter kleinen Details so etwas wie eine Art Nest konstruiert haben, in dem sie nun ihre eigenen Theorien schlüpfen lassen und sie wiederum so lange mit neuen Einzelheiten füttern, bis es einen schönen Tages «Klack!» macht und die Handschellen zuschnappen!

Was glaubst du wohl, mein armer Wolf, wie ihnen diese Narbe an deinem Schenkel gefallen wird? Von einer so netten kleinen Spur können sie doch nur träumen! Nicht daß sie etwas mit dieser Messerstecherei zu tun hätte, aber ein Polizist sieht in allem einen Hinweis, und diese Narbe, die wird man sich für alle Fälle merken! Und bei ihren verdammten Computern kann man nie wissen, ob sie mir nicht womöglich noch nachweisen werden, welches Taxi mich nach Auteuil gebracht hat an dem Tag, als ich Mallory erschossen habe...

Romulus sitzt vor seinem Herrn und hört ihm brav zu, ist aber entschlossen, sich keinesfalls wieder einsperren zu lassen. Wenn schon Freiheitsberaubung, dann möchte er lieber an der Leine gehalten werden, hier, in seinem eigenen Haus. Nicht nötig, ihm irgendwelche fabelhaften Markknochen zu versprechen... nein heißt nein!

Den Kopf gesenkt und die Hände auf dem Rücken verschränkt, geht G ruhelos auf und ab. Er hat keinen Hunger, keinen Appetit; am liebsten würde er sich wieder im Bett verkriechen. Zum Essen werden sie sich heute eben mit dem begnügen, was da ist: Spaghetti und gekochte Kartoffeln. Noch einmal geht er im Geist die Dinge durch, die ihn belasten könnten. Da ist einmal der Hund, und man wird ihn vielleicht fragen, wo er sich die Verletzung geholt hat. Dann der gestohlene Wagen, aber er hat wohl noch genug Zeit, um ihn im Wald loszuwerden, an einer Stelle, wo ihm höchstens einmal ein Fuchs oder ein Wildschwein begegnet. Ach ja, das Gewehr und seine übrige Ausrüstung nicht zu vergessen, das ist sogar das Wichtigste, das muß er als erstes beiseite schaffen... In einem Loch, ganz hinten im Garten, gleich neben dem Misthaufen. Die Papiere von Langlois? Nun, jetzt sind sie hin! Was noch? G dreht sich mehrmals um die Achse, als ob ihn die Indizien umzingelt hätten. Aber nein, kein Grund zur Beunruhigung. Hingegen hat er ein anderes Problem bisher noch nicht bedacht, nämlich daß dieser Weg da vor ihm einen bestimmten Namen hat. Er gehört zu den Sägewerken von Morbihan – und wer saß unter anderem an der Spitze von diesen Sägewerken? Natürlich Monsieur Louis mit seiner Import/Export-Gesellschaft! Die Untersuchung würde ganz harmlos beginnen; mit solchen Fragen wie: «Wer ist dieser Jugo? Von wo kommt er? Welche Motive hatte er?» ...Und wenn es sich wirklich um eine Frauengeschichte handelte, war die Sache vermutlich damit erledigt, sofern nicht irgend jemand die Gelegenheit nutzen wollte, seine Nase in Monsieur Louis' Geschäfte zu stecken! Aber leider war Monsieur etwas Besseres, eine Art Markknochen...

Romulus zappelt hin und her und entschließt sich, auf gut Glück einen Blick in seine Ecke zu werfen. Unterdessen setzt G seine sorgenvollen Überlegungen fort: Da ist also die Gesellschaft von Monsieur Louis, hinter der eine ganze Reihe anderer Unternehmen steckt, unter anderem die Cimenteries Südwest, deren Präsident doch gerade eben getötet worden war («und dahinter steckt doch noch irgend so eine Geschichte mit einem Hund, die noch zu klären ist...» wird dann wohl einer der höheren Funktionäre zu dem Ermittlungsbeamten sagen), und schon sind wir weit weg von unserem «Jugo». Aber vielleicht auch nicht! Schließlich hatte sich Patricia mächtig erschrocken, als es hieß, dieser kleine Bernède sei verdächtig, irgendwelche Kontakte mit spanischen Geheimorganisationen zu unterhalten. Also waren die Cimenteries vielleicht nur eine Deckfirma für irgendwelche faulen Geschäfte, für Handel mit Waffen oder Drogen oder mit beidem? Aber hinter diesen Cimenteries steckte Monsieur Louis und hinter den Sägewerken Morbihan ebenfalls, und sicher würde man bald heraushaben, daß Monsieur

Louis noch hinter diversen anderen Unternehmen stand und daß jedesmal, wenn er seiner Gesellschaft eine neue Firma einverleibte, irgendein störender Geschäftsführer oder Präsident verschwand! Das waren doch merkwürdige Zufälle, die, alle zusammengenommen, hochgehen konnten wie ein Feuerwerk...

G muß sich hinsetzen. Wie hatte er nur so dumm sein können? Er hatte immer geglaubt, daß Monsieur Louis seine Dienste nur von Fall zu Fall in Anspruch nahm, um eine Schuld zu sühnen. Was für ein armer Trottel er doch war! Ich war lediglich seine Streitmacht, denkt G. er hat mich systematisch dazu benutzt, seine Konkurrenten aus dem Weg zu räumen...

Er trinkt ein Glas Wasser und streichelt Romulus über den Hals, während er sein Selbstgespräch laut weiterführt:

«Und was ist mit Patricia? Wo steht sie in diesem Spiel? Kannst du sie dir vorstellen, diese beiden? Wie er über seine Aktionäre regiert, sie über ihre Mädchen, und wie sie beide basteln an ihrem kleinen Imperium? Bis zu dem Augenblick, wo sie aufeinanderprallen – Paff! Durch den alten Langlois, der sich – von Patricia gerupft und von Monsieur Louis ganz ausgenommen – schließlich an die Gerichtsbarkeit wendet, und weißt du was? ... Nun, ich habe dir doch von diesen Computern erzählt... Man wirft den ganzen Kuddelmuddel da hinein, die Firmen des einen, die Erpressungsaffären der anderen, den kleinen Bernède und den ‹Jugo›, dann schüttelt man die Mischung ordentlich durch und guckt sich irgendeinen kleinen Angestellten als Sündenbock aus, um einen Skandal zu vertuschen... Und was soll ich dir verraten, mein armer Kleiner? Wer fällt einem da ein als Sündenbock? Ich natürlich! Und du genauso, auf Umwegen gewissermaßen, aber für ein paar Umwege bist du ja immer gut! Vielleicht übertreibe ich ein bißchen, aber leider weiß ich aus Erfahrung, daß bei jedem großangelegten Schwindel zum Schluß immer dasselbe herauskommt: eine dreckige kleine Affäre, ein schäbiges Futter für die vermischten Nachrichten, dessen weitverzweigte Wurzeln erst Stück für Stück freiwerden. Deshalb sind auch Polizisten so gefährlich. Sie haben den richtigen Riecher. Ja, ich weiß schon, Nasen haben nichts mit Wurzeln zu tun! Aber nehmen wir einmal an, daß Polizeinasen ungefähr so funktionieren wie deine, nämlich auf Gerüche reagieren. Siehst du, und dieser eifrige Wachtmeister da am Telefon scheint sich eben eines geradezu erschreckenden Geruchssinns zu erfreuen... Also los, wir haben keine Minute mehr zu verlieren!»

Doch es ist schon zu spät. Durch das Fernglas läßt sich bereits deutlich erkennen, daß sich am Ende des Forstwegs eine Reihe von Männern und ein paar Funkwagen versammelt haben. Na bitte, die Untersuchung hat schon begonnen. Jetzt wird es Zeit. G läßt die Luft aus zwei Reifen des 2 CV entweichen, montiert eine der Türen ab und lehnt sie zwanglos gegen die Hauswand. Dann tropft er etwas Farbe auf das hintere Kennzeichenschild und schraubt das vordere ab mit dem Ergebnis, daß das ohnehin schon altersschwache Fahrzeug nun fast aussieht wie ein Wrack und niemanden mehr auf die Idee bringen kann, hier ein gestohlenes Auto vor sich zu haben. Nur um das Gewehr ist es eigentlich schade. Eine so schöne Waffe! Aber er wickelt sie, zusammen mit den übrigen Dingen, in einen alten Hausmantel, zurrt den Gürtel fest um das ganze Paket und vergräbt es an einer trockenen Stelle zwischen den Beeten.

Noch ein letzter prüfender Blick. Nein, er hat nichts vergessen. Inzwischen ist der Tag bereits recht fortgeschritten, und kurz vor Mittag erscheint dann auch der Wagen mit der Polizei.

Der Wachtmeister ist ein junger Mann mit gutsitzender Sommeruniform, sorgfältiger Rasur und ordentlich gescheiteltem Haar. Recht und Ordnung in Person! Und ich, denkt G, ich bin das Verbrechen in Person. Und Romulus ist die pure Unschuld, und ausgerechnet er wird es ausbaden müssen, wenn die Sache schiefgeht. Es ist wirklich zum Kotzen.

Der übliche Händedruck. Romulus gibt sich nicht sehr freundlich, verhält sich aber ruhig, weil ein Händedruck immerhin nach einem Friedenszeichen aussieht.

«Ein schönes Tier!» meint der Polizist, während er seinen Notizblock herauszieht. «Also, fangen wir mit den Routinefragen an... Ich hätte übrigens schon auf der Hinfahrt hereinschauen können, aber ich wollte lieber erst vor Ort sein, solange die Spuren noch heiß sind. Im Grunde eine banale Geschichte, aber diese Leute lügen nun mal alle, und zwar aus Prinzip... Nun denn: Ihr Name, Vorname usw.»

Während er sich Notizen macht, lehnt er lässig am Kotflügel seines Wagens, strahlt die Ruhe und Sicherheit eines Mannes aus, der mit seinem Job bestens vertraut ist. Romulus, der neben seinem

Herrn und Meister sitzt, läßt sich keine Bewegung des Gendarmen entgehen, während der Uhrzeit und Inhalt des Gesprächs mit dem Griechen zu Papier bringt und G nach seinen Eindrücken fragt:

«Kennen Sie das Opfer?»

«Nein, eigentlich nicht.»

«Gab es häufiger Auseinandersetzungen?»

«Darüber kann ich nichts sagen. Wir hatten nur sehr lockere nachbarliche Beziehungen.»

«Keine politischen Streitigkeiten? Immerhin – bei Arabern, Griechen, Türken und...»

«Ich weiß es nicht. Wir gehen selten aus, mein Hund und ich.»

«Haben Sie jemals irgendwelche Frauen in der Nähe des Lagers gesehen?»

«Nein, das bestimmt nicht.»

Der Notizblock wird mit einem trockenen Laut zugeklappt.

«Ich bedanke mich», sagt der Wachtmeister. «Wir werden uns in Kürze wiedersehen. Ich habe Anlaß zu der Vermutung, daß sich nachts hier irgendwelche Radfahrer herumtreiben. Haben Sie nie das Geräusch von Fahrrädern gehört?»

«Nein.»

«Ist Ihnen nicht schon einmal der Gedanke gekommen, daß ein Ort wie dieser – dicht am Wald, an der Straße und zugleich an einem Fluß – für gewisse Zwecke besonders einladend sein könnte?»

«Nein... wieso?»

«Oh, durchaus nicht nur, um hier zu zelten...!»

Der Gendarm löst sich von seinem Autokühler, legt grüßend die Hand an seine Mütze, gibt dem Fahrer das Zeichen zur Abfahrt und läßt G leicht fassungslos zurück.

11

Ihm zerspringt fast der Schädel vom angestrengten Nachdenken, nun, da er sicher ist, daß Monsieur Louis früher oder später draußen bei den Holzfällern auftauchen würde. Und dann würde er auch unweigerlich von dem Mann mit dem Telefon und dem großen Hund erfahren. Was sollte er also machen, wenn Monsieur telefonieren wollte und ihm dadurch wieder auf die Spur käme? Wenn er jetzt abreiste, sah es für die Polizei so aus, als habe er etwas zu verbergen. Und wenn er blieb? Ebensogut konnte er sich gleich freiwillig ins Gefängnis begeben. Sobald Monsieur Louis ihn als seinen ehemaligen Mitarbeiter erkannt hatte, würde er ohnehin nicht lange fakkeln und ihn schnellstens aus dem Weg räumen, um sich nicht selbst zu gefährden. Und selbst wenn G mit dem Finger auf ihn zeigen und laut herausposaunen würde: «Er ist es!» – wer würde ihm Glauben schenken? Wer hörte schon auf die Hirngespinste eines Killers? Und was konnte er denn beweisen?

Wie ein Verurteilter, der mit verbundenen Augen und vorgestreckten Händen auf Zehenspitzen seine Zelle erkundet, tastet sich G an der Mauer entlang. Es gibt keinen Ausweg. Und das Schlimmste ist noch – diese Vorstellung verfolgt ihn! –, das Schlimmste ist, daß man ihn von seinem Hund trennen wird, sobald man ihn für verdächtig hält, wenn er diesen Zeitpunkt überhaupt noch erlebt und nicht schon liquidiert worden ist. Ob man ihn nun in ein Gefängnis steckt oder in einen Sarg, läuft schließlich auf eins hinaus: Romulus wird allein zurückbleiben und ihn überall suchen. Was nützt die ganze Abgeklärtheit und die Einsicht, daß das Leben eben ein Dreck ist angesichts von Vorstellungen, die einfach unerträglich sind? ... Romulus in einem Tierheim, die Nase an die Gitterstäbe seines Zwingers gepreßt, verzweifelt bemüht, in dem Gestank nach Exkrementen den vertrauten Geruch seines Herrn auszumachen. Menschliche Verzweiflung ist zu ertragen, G kennt sich da aus, aber ein Tier leiden zu sehen, zerreißt einem das Herz! Auch wenn alle sagen: Das geht vorbei, und schließlich ist es nur ein Hund – solche Bemerkungen hat er schon oft genug gehört –, es ist falsch! Und es ist ein Verbrechen, so zu reden! Der Kragen wird eng beim Gedanken an die braunen Augen von Romulus, an diesen gewissen Ausdruck, der weder ein Lichtreflex ist noch ein Schimmer noch sonst irgend etwas wirklich Greifbares, sondern etwas, das über das rein Stoffliche hinausgeht, das lebendig ist und voller Zärtlichkeit! Und wenn diese Welt voll Mord und Totschlag sonst nichts anderes zu bieten hätte – dieser Ausdruck allein verdiente es schon, erhalten und verteidigt zu werden...

«Hab ich nicht recht, mein Schöner? Komm her, leg deinen Kopf auf meine Knie, damit ich deine Nähe besser fühle. Du wirst noch lange hierbleiben, das verspreche ich dir. Soll nur einer versuchen, dich mir wegzunehmen. In meinem Revolver steckt noch ein ganzes Magazin!»

Auf dem Boden sitzend, streicht er mit der Handfläche über die weichen Hundeohren, die sich der Liebkosung bereitwillig hingeben, und gibt es auf, noch länger nach einer Lösung zu suchen. Es gibt keine... Oder doch? Vielleicht sollte er die Gefahr nicht zu hoch einschätzen und sich einfach an die Version halten, daß sich lediglich zwei Arbeiter um ein Mädchen geprügelt haben? Der Verletzte gehört ins Krankenhaus, und sein Gegner hinter Gitter – und damit basta. Das Leben kann weitergehen.

Es kommt ihm zum Bewußtsein, daß er seit jeher mißtrauisch war gegenüber allem, was nach Glück aussah. Er glaubt nicht einmal an dieses Haus, weil er nicht zu den Leuten gehört, die irgendwo Wurzeln schlagen und sagen: «Hier bin ich zu Hause.» Erst seit Romulus war er in Versuchung, an ein Zuhause zu glauben, und deshalb würde die Trennung wohl nicht mehr lange auf sich warten lassen. Das Herz wird ihm schwer bei der Erkenntnis, daß er zu einer anderen Welt zu gehören scheint, einer Art Unterwelt, in der immer Nacht ist, einer Welt des Abschieds. Er streichelt den Hals seines Hundes, ihm ist traurig zumute wie nie zuvor in seinem Leben. Nach einer Weile sagt er leise, um sich ein wenig Mut zu machen:

«Na, wie wär's mit einem kleinen Kotelett nur für dich allein? Na los, laß uns ein bißchen rumtoben!»

Der Wachtmeister läßt sich erst am Nachmittag wieder blicken. Er legt keine besondere Vorsicht an den Tag, als er eintritt, sondern begnügt sich mit der Aufforderung: «Passen Sie auf Ihren Hund auf!» Munter marschiert er ins Wohnzimmer, legt seine Mütze auf den Tisch und setzt sich im Schneidersitz auf einen Stuhl. Romulus wirkt etwas nervös, aber G hält ihn fest an der Leine.

«Hatt ich mir doch gleich gedacht, daß es sich nicht um eine gewöhnliche Schlägerei gehandelt hat! Und tatsächlich hat man uns doch einen anonymen Brief aufs Revier geschickt, um uns über die Existenz eines geheimen Waffenlagers in der Nähe des Teichs zu informieren. Kennen Sie die Stelle?»

«Ja sicher, der Dolmenteich.»

«Wir haben Handfeuerwaffen gefunden, Jagdgewehre, Maschinengewehre und Handgranaten – von der Munition nicht zu reden. Außerdem eine Landkarte von dieser Gegend und ein Notizbuch, von dem wir gerade eine Kopie anfertigen lassen. Es enthält chiffrierte Aufzeichnungen und einen Geheimcode.»

Da haben wir's! denkt G. Ein Waffenlager, mitten im Baskenland! Die Sägewerke von Morbihan, die Cimenteries Südwest, Monsieur Louis als einziger Aufsichtsrat, aber verbunden mit einer gewissen Patricia Lambesq, die von einer spanischen Mutter abstammt und die Chefin eines Callgirl-Rings ist… jetzt wird alles an den Tag kommen!»

«Meinen Glückwunsch», sagt er laut. «Und inwieweit kann ich Ihnen noch behilflich sein?»

«Mit Ihrem Telefon!» antwortet der Polizist. «Unsere Kommandozentrale im Funkwagen ist gerade im Einsatz mit einem Inspektor, der eigens aus Nantes gekommen ist.»

«Jetzt schon?»

«Nun, in Anbetracht der Ausmaße, die die Sache anzunehmen scheint…»

«Sie brauchen nur über den Flur zu gehen. Mein Apparat steht direkt im Zimmer gegenüber.»

Der Gendarm erhebt sich mit einem Knirschen seiner gesamten Lederausrüstung – Stiefel, Brustriemen, Gürtel und Pistolentasche. Romulus richtet sich auf und gibt ein Knurren von sich.

«Ziemlich ungemütlich, Ihr Besuch», meint der Gendarm. «Aber ich kenne das. Wir haben auch einen Hund, allerdings viel älter. Er frißt uns immer die Himbeerbeete ab, aber ansonsten ist er ganz friedlich.»

Er betritt das Arbeitszimmer und schließt, ohne zu fragen, die Tür. Offenbar fühlt er sich ganz zu Hause. Bei aller Höflichkeit – Dienst ist Dienst!… Vergeblich spitzt G die Ohren, um ein paar Informationen zu erfahren, aber ab und an schnappt er einen Satzbrocken auf: «Verstanden… Jawohl, ich werde mich darum kümmern…» Flüstern, eine kurze Stille, dann mit fester Stimme: «Das wäre doch ein recht ungewöhnlicher Zufall… Die sehen doch alle irgendwie gleich aus, aber ich werde das überprüfen lassen, mit dem Veterinär…» Wieder eine Pause, in der offenbar ein Zusammenschlagen der Hacken angebracht ist... «Zu Befehl, Herr Hauptwachtmeister...»

Der Gendarm tritt aus dem Arbeitszimmer, wischt sich den Schweiß von der Stirn, auf der seine Mütze eine rote Druckstelle hinterlassen hat und erklärt:

«Es nimmt kein Ende mit dieser Affäre! Die Sache verbreitert sich immer mehr, wie ein Ölfleck. Was das Telefon betrifft – keine Sorge, wir werden sehen, daß wir mit unseren Anlagen zurechtkommen... Übrigens, Ihr Hund... Woher hat er eigentlich diese Narbe?»

Da haben wir's, denkt G. Er wirkt leicht verwirrt, und ihm ist klar, daß das einen schlechten Eindruck machen wird. Auf alle Fälle muß er jetzt irgend etwas antworten.

«Er hat sich mit einem anderen Hund gebissen.»

Der Gendarm nickt und meint schulmeisterlich:

«Passen Sie bloß auf! Das sind fabelhafte Tiere, aber sie haben ihre Tücken.»

Offenkundig sagt auch dieser Polizist, was ihm gerade einfällt. Warum hat er vorhin von einem Veterinär gesprochen? Vermutlich, weil sich auf höherer Ebene die einzelnen Teile der umfangreichen Untersuchung allmählich zu einem Ganzen fügen, wie in einem Puzzle. Langlois ist tot – was ist aus dem verletzten Hund geworden? Und hier nun dieser Hund mit der verdächtigen Wunde am Bein...

Der Polizist sieht sich ganz beiläufig im Zimmer um, während er seine Mütze wieder aufsetzt. G hört ihn noch sagen: «Das wäre aber ein recht ungewöhnlicher Zufall!», und jetzt: «Donnerwetter! Wenn das wirklich dieser Hund wäre, dann würde das doch bedeuten, daß dieser Georges Vallade... genau das ist es, die Sache mit dem Ölfleck...»

Der Gendarm hat es plötzlich sehr eilig, sich zu verabschieden. Endlich hat er den Fall seines Lebens in der Hand. An der Tür zum Garten dreht er sich noch einmal um und fragt:

«Sie werden doch wohl noch ein paar Tage bleiben?»

«Ich denke schon.»

«Gut. Es ist immerhin möglich, daß wir Sie noch einmal brauchen...»

Das war's. Nun kommt das Räderwerk in Gang. G führt Romulus zurück ins Haus. Seine Hände – auch die rechte – zittert derart, daß er nicht imstande ist, die Pfeife anzuzünden. Nun hat er es seit so vielen Jahren geschafft, durch die Maschen der Gerichtsbarkeit zu schlüpfen, und jetzt!... Das ist nun also das Ende, sagt er sich, denn von Minute zu Minute wächst seine Überzeugung, dringt wie ein Messer immer tiefer, daß er geliefert ist. Romulus hat es sich zu seinen Füßen bequem gemacht. Mein armer Alter, du hast ein Glück, daß du nur ein kleines Häufchen Unschuld bist im Getriebe der Welt! Und mich, mich packt man schon morgen beim Kragen. Erst der Veterinär, dann die Polizei, und ich werde alles gestehen... sofort... denn wenn ich gefügig bin, erlaubt man uns vielleicht, daß wir zusammenbleiben... Ach, ich weiß genau, daß ich mir nur etwas vormache!...

Er trinkt ein großes Glas Wasser. Er kratzt sich. Er fühlt sich leer. Er ist außer sich! Er zieht seine Uhr auf. Er wartet. Er setzt sich schließlich hin, läßt die Arme baumeln, zwischen den Knien.

Er ist leer, er ist niemand. Weder Georges, noch Frédéric, noch Marcel, nicht einmal Romulus! Und wenn er jetzt Patricia anruft? Er wägt das Für und Wider ab, um überhaupt irgend etwas zu tun. Zu diesem Zeitpunkt muß sie bereits erfahren haben, daß Monsieur Louis, der mächtige Chef dieser Import/Export-Gesellschaft, zum Gegenstand einer Untersuchung geworden ist, an deren Ende ihn mit hoher Wahrscheinlichkeit das Gefängnis erwartet. Noch sind die Würfel nicht gefallen, aber Patricia ist zu erfahren in Geschäften, um sich nicht darüber klar zu sein, daß das wacklige Gebäude von eilig ineinander verschachtelten Firmen nur durch Druck und Gewalt zu halten ist. Und sie ist intelligent genug, um sich zu überlegen, was der nächste Monat, die nächste Woche bringen werden. Was folgt daraus? Wie wird sie es anstellen, die eigene Haut zu retten? Ihr Risiko ist zwar kleiner als das ihres Chefs, aber irgendwann findet man sie alle, die Komplizen eines Verbrechers.

Er geht zum Waschbecken und läßt Wasser über seinen Kopf laufen. Da oben, in diesem Kopf, der so wenig Übung hat im Pläneschmieden, da läuft das alles ab, da baut es sich auf, das Gewirr aus Gedankenfetzen, da reihen sie sich aneinander, die verschiedenen Bilder, ohne daß sich irgendeine Idee festhalten ließe. Allmählich wird sie langweilig, diese Geschichte! Angenommen, die Polizei würde schließlich herausfinden, was hinter vermeintlich so verschiedenen Dingen steckte, wie diesen Zementfabriken oder den

Sägewerken – wieviel Zeit würde dann ihm noch bleiben, bevor er irgendwelche weiteren Schritte in Angriff nehmen konnte? Mit der Hilfe von Patricia hingegen, die über die ihm mangelnde Kaltblütigkeit und das nötige Urteilsvermögen verfügte, würde sich vielleicht ein Weg finden, um rechtzeitig eine Verteidigungslinie aufzubauen. Und das war einen Versuch wert.

Er legt den Finger auf den Mund, als stumme Botschaft an Romulus, die der Hand – die Ohren gespitzt, die Augen hellwach und die Stirn aufmerksam gefaltet – sofort richtig übersetzt: «Ganz ruhig bleiben... den Meister nicht stören und nicht auf irgendwelche Außengeräusche achten...» Friedlich folgt er also seinem Herrn in dessen Arbeitszimmer und legt sich unter den Tisch, obwohl ihm das alles gar nicht gefällt. Er hat sofort dieses Fluidum von Angst gespürt, das durch den Besuch dieses Mannes ausgelöst wurde, der eine Art Uniform getragen hatte. Den mußte man im Auge behalten. Romulus kann genau erkennen, ob ein ehrgeiziger Mann in einer derartigen Montur steckt, und er weiß instinktiv, daß von daher nichts Gutes zu erwarten ist. Und nun hört er sich erst einmal an, wie der Meister mit seiner gemessenen, gedämpften Stimme durch diesen Draht spricht, zu der anderen Stimme, die weit weg ist und so leise, daß nur Hundeohren sie verstehen.

«Hallo, Pat? Bist du allein? Ist er auch bestimmt nicht da?»

«Wer denn?»

«Er natürlich, Monsieur Louis.»

«Sei nicht albern. Er ist weit weg.»

«Seid ihr im Bilde, ihr zwei?... Über dieses Waffenversteck?»

«Was denkst du denn? Ein Waffenlager in unmittelbarer Nähe des Holzfällerlagers... natürlich ist das Büro sofort informiert worden. Aber Monsieur Louis ist auf Reisen, und ich habe unseren Anwalt hingeschickt. Das kann auf keinen Fall schaden.»

«Hast du eine Ahnung, wo sich dieses Lager befindet?»

«Aber sicher! Im Wald von Gâvre.»

«Ich wohne direkt daneben... und inzwischen ist mir schon einer der Gendarmen aus Guenrouet auf die Bude gerückt, um mir so ganz beiläufig ein paar Fragen zu stellen. Dabei hat er Romulus gesehen, und das ist ärgerlich. Wegen dieser Wunde. Ein deutscher Schäferhund mit einer Verletzung am Hinterlauf... ich kann mir gut vorstellen, daß man seine Beschreibung bereits überall durchgegeben hat, im Hinblick auf das Verbrechen in Châtel... Verstehst du mich?»

Der Meister scheint keine Ahnung davon zu haben – aber diese Frau am anderen Ende der Leitung ist mindestens genauso beunruhigt wie er. Angst ist etwas, das man genau spüren kann durch einen solchen Draht... Patricia zögert einen Augenblick.

«Was heißt das eigentlich? Du wohnst direkt daneben...»

«Sehr einfach! Vor ein paar Jahren hab ich mir einen kleinen Bauernhof gekauft und für meine Zwecke umbauen lassen. Um mich dort zur Ruhe zu setzen. Und damals gab es hier noch keine Sägewerke.»

«Na, so ein Zufall! Das ist wirklich Pech, verdammtes Pech!»

«Was soll ich denn jetzt machen?»

«Rühr dich bloß nicht von der Stelle! Jetzt ist es sowieso zu spät. Ich muß schon sagen, es war wirklich ein toller Einfall, dieses blöde Vieh mitzunehmen!»

Ein kurzes Schweigen. Der Meister scheint gar nicht guter Laune zu sein. Regelrechte Wellen von Zorn drängen sich durch diesen Draht. Und drüben, auf der anderen Seite, sieht es auch nicht viel besser aus. Hört sich aus der Entfernung an wie ein gefährliches Knistern, läßt sich aber bei genauem Hinhorchen leicht als Wutanfall identifizieren. Und die Stimme sagt:

«Kannst du ihn nicht irgendwo verstecken, den verdammten Köter!»

«Du spinnst wohl?»

«Ich weiß auch nicht, aber da ist eben ein Hund abgehauen, an einem gewissen Sonntag im August... das passiert doch alle Tage. Und, stell dir vor, morgen haben wir wieder Sonntag!»

«Dir geht's wohl nicht gut, was? Erstens würde er sofort meine Spur wiederfinden, wenn ich versuchen würde, ihn irgendwo auszusetzen. Und außerdem – nein! Das ist für mich nicht irgendein Hund!»

Wieder Stille. Diesmal herrscht Gewitterstimmung in der Leitung. Dann geht der Meister von neuem zum Angriff über:

«Der Gendarm hat von einem Veterinär gesprochen...»

«Ach, halt den Mund!» schreit Patricia. «Hast du denn noch immer nicht begriffen? Er ist tätowiert, dein Hund, und jeder von diesen Quacksalbern wird sofort wissen, wo das Vieh gekauft worden ist und von wem! Und damit sind sie im Schlußsprung bei diesem Verbrechen in Châtel und brauchen das ganze Strickmuster nur noch aufzudröseln. Wirklich fabelhaft! Mag sein, daß du ein guter Killer bist, aber in Sachen Blödheit bist du wirklich unschlagbar… Halt die Luft an… laß mich einen Moment nachdenken…»

Das Gewitter im Telefon verebbt. Romulus hat keine Ahnung, von wem in diesem heftigen Ton die Rede war. Er bleibt auch nur aus Pflichtgefühl bei seinem Herrn, denn er würde viel lieber endlich diesen Kotelettknochen vergraben, den er einstweilen liebevoll in eine Falte seiner Decke gehüllt hat. Plötzlich legt die Frauenstimme wieder los. In einem Ton, der keine Widerrede zuläßt.

«Bist du noch dran?… Also, ich werde morgen früh bei dir sein. Ich komme selbstverständlich mit dem Wagen. Vermutlich wird an einem Sonntag reichlich neugieriges Volk in der Gegend aufkreuzen, aber das kann mir nur recht sein, und schließlich ist es dein gutes Recht, Besuch zu bekommen… Ich werde nach der Messe bei dir sein.»

«Du? Du gehst zur Messe?»

«Ganz richtig. Weil mir meine Mutter zuguckt, von da oben. Und weil ich ihr versprochen habe… Aber lassen wir das. Ich werde um elf Uhr bei dir eintreffen. Ich habe eine mögliche Lösung im Auge, aber du darfst dir was drauf einbilden, daß du alle meine Pläne über den Haufen geworfen hast!»

Ein Klicken. Sie hat den Hörer aufgelegt. G stopft sich eine neue Pfeife. Er führt Selbstgespräche, ist wütend und fragt sich, warum er plötzlich das Bedürfnis hat, nach draußen zu gehen, um dieses feuerspuckende Ding wieder an sich zu nehmen.

Er wickelt den Revolver aus der Verschnürung, reinigt ihn sorgfältig und probiert verschiedene Stellen aus, um ihn so diskret wie möglich an seinem Gürtel unterzubringen. Schließlich zieht er sein Polohemd über die Hose und stellt fest, daß sich der Waffenknauf jetzt kaum noch abzeichnet. Von jetzt an wird er imstande sein, jeden Angriff sofort zu parieren.

Sie hatte zwar gesagt «Er ist weit weg», aber was wußte sie denn schon? Ob Monsieur Louis sie wohl immer davon in Kenntnis setzte, wenn er verreiste? Und wer konnte denn wissen, ob er sich nicht vielleicht doch irgendwo in der Nähe aufhielt? G geht zur Tür, bleibt auf der Schwelle stehen, um seine Pfeife zu rauchen und den

Waldweg zu beobachten, auf dem gerade eine Elster herumhüpft. Ihm fällt ein, daß er wahrscheinlich eine fabelhafte Zielscheibe bietet, vor dem dunklen Hintergrund der Diele, aber Monsieur Louis war wohl nicht der Mann, der einfach aus großer Entfernung drauflosschoß. Er bevorzugte sicher schnellere und wirksamere Methoden, beispielsweise indem er einen seiner Männer auf dem Motorrad vorbeischickte und einfach eine Bombe auf das Haus werfen ließ, denn schließlich war es doch ganz überflüssig, sich nahe heranzupirschen. Das alles mit dem Ziel, eine möglichst große Verwüstung anzurichten und mit dieser Explosion eine Verbindung zu schaffen zwischen dem geheimen Waffenlager und dem ganz in der Nähe wohnenden Sommergast und seinem Hund. Kurzum: soviel Verwirrung zu stiften, daß die Polizei am Ende gar nicht mehr wußte, wo sie mit der Untersuchung ansetzen sollte. G kennt solche Gewaltakte, schließlich hat er selbst einen davon miterlebt. Diese Bombe in Paris und der Hund, der damit explodiert war! Vielleicht ging dieses Attentat, das ihn so heftig erschüttert hatte, auch auf das Konto von Monsieur Louis!

«Wie komme ich nur auf solche Gedanken?» grübelt G. «Ich wußte wirklich nicht, daß ich so zartbesaitet bin.» Um diesen unerfreulichen Gedanken zu vertreiben, wendet er sich einem anderen Thema zu. «Gewitzt, wie ich sie kenne, wird Patricia sicher einen Rettungsplan ausgeheckt haben», sagt er sich, «und in solchen Sachen ist sie nicht von gestern! Ihre Art, sich die Unabhängigkeit zu erkämpfen, setzt Weitblick und genügend Wachsamkeit voraus, um bei der geringsten Bedrohung jederzeit den Rückzug antreten zu können, in irgendeine diskrete Existenz, die man für solche Fälle bereits in petto hat. Da kann sie sich noch so sehr aufregen und behaupten, man habe ihre Pläne durchkreuzt – darauf muß man nichts geben. Sie war immer schon leicht aufbrausend, ohne dabei je wirklich den Kopf zu verlieren. Sie konnte explodieren, wilde Verwünschungen ausstoßen und war sicher auch imstande, einfach zuzuschlagen – aber das alles auf der Basis von nüchterner Berechnung und ohne sich je von ihrer Linie abbringen zu lassen... Also wird es wohl das beste sein, sich einfach auf sie zu verlassen, sofern sie nicht ihre Wut an Romulus ausläßt. Obwohl diese Wut im Grunde genommen sowieso nur Theater ist...»

Er wagt kaum, sich einzugestehen, warum das so ist. Aber der einzig wahre Grund muß wohl sein, daß Patricia eine Art mürrischer, widerstrebender Zärtlichkeit bewahrt hat für ihn, den Geliebten ihrer Jugend. Das war schon früher so gewesen und hatte sich in den Spitznamen gezeigt, mit denen sie ihn immer aufzog: «Kid Carabine» oder «El Pistolero» oder auch «Wilhelm Tell»... Es war einigermaßen unwahrscheinlich, daß sie ihn heute fallenließ.

Der Gedanke macht ihm ein wenig neuen Mut, obwohl er eigentlich nicht die Gewohnheit hat, in Erinnerungen zu schwelgen. Allerdings ist seine Beziehung zu Patricia, wenn er es recht bedachte, eigentlich gar nicht so unglücklich gewesen, nein, wirklich nicht! Ihm fällt jetzt ein, daß sie Widerspruch noch nie hat dulden können, daß sie einerseits treulos und andrerseits eifersüchtig gewesen ist und bei jeder Gelegenheit sagte: «Wenn meine arme Mutter mich so sehen würde!» Und so hatten sich allmählich die kleinen Schwächen gehäuft, es war zu Vorwürfen gekommen, zu wütenden Szenen, vielleicht sogar zu Schlägen, aber das weiß G nicht mehr so genau. Nein, doch nicht zu Schlägen! Nur zu Drohungen: «Wenn ich mich nicht so zurückhalten würde, dann...» Ja, und dann flog eine Flasche, oder das Geschirr ging zu Bruch... G muß lächeln. Wie weit das alles zurücklag! Und es muß wohl Liebe gewesen sein, eine Liebe mit Zähnen und Klauen, eine Liebe, die Schmerzen machte...

Er streichelt Romulus über den Kopf und sagt:

«Du kannst dir das nicht vorstellen. Sie hätte mich glatt gebissen, nur um hinterher darüber in Tränen auszubrechen und sich zu entschuldigen: ‹Ich bin nur eine Hure, Georges, du mußt mich einfach nicht ernst nehmen!› Und das war dieselbe Frau, die du neulich kennengelernt hast und die heute so vorsichtig, so reserviert ist und mich abgeschätzt hat, um festzustellen, wie weit sie sich auf mich einlassen kann, ohne sich selbst zu gefährden... Wohlgemerkt, du zählst überhaupt nicht für sie, aber ich wette, es gibt gute Chancen, daß sie uns Geld anbietet und uns Gott weiß wo hinschickt, zu irgendwelchen Leuten, die ihr ergeben sind und die den Auftrag bekommen werden, uns für eine gewisse Zeit unter Verschluß zu halten. Denn es herrscht Krieg, mein Junge, versuch das endlich in deinen dicken, großen Schädel zu kriegen! Der Wachtmeister bedeutet Krieg! Monsieur Louis bedeutet Krieg!

Und ich selbst, mein guter Hund, ich bin der Krieg! Nein, nein, ich hab es wirklich nicht verdient, daß du mich ableckst... Komm, laß uns reingehen. Im Haus werden wir wenigstens etwas sicherer sein.»

Heimtückisch kriecht die herannahende Abenddämmerung über Wald und Wege. Eine Fledermaus taumelt dicht an Herr und Hund vorbei.

«Was soll ich ihr bloß zu essen vorsetzen?» fragt G. «Wenn es nach ihr ginge, würde sie sich bestimmt mit etwas Käse und Wein begnügen. Aber wir sollten ihr den Eindruck vermitteln, daß wir sie lieber etwas angemessener bewirten wollen. Fisch ist wohl nicht das Richtige. Du magst ihn nicht und sie auch nicht, weil sie immer mit den Gräten kämpft.»

Er öffnet den Kühlschrank und schiebt Romulus, der bereits gierig an den Fächern schnuppert, streng zur Seite.

«Wie wär's mit einem Hühnerfrikassee, was meinst du? Aber es spielt eigentlich keine Rolle, ihr ist es sowieso egal, was sie ißt. Früher hat sie zwischendurch sogar geraucht... Na schön, wir werden ihr Aufschnitt anbieten und etwas kaltes Huhn. Nimm deine Nase da raus, du Vielfraß!»

In Gedanken geht er noch einmal alles durch. Hat er auch nichts vergessen? Nein, jedes Problem ist an seinem Platz. Wie die Hocker in der Manege, auf denen die Löwen Platz nahmen und Männchen machen mußten... Noch eine Pfeife, die letzte für heute. Dann schließt er die Fensterläden für die Nacht. Auf dem Weg nach oben dreht er sich zu Romulus um, der ihm folgt, und sagt leise:

«Nicht wahr, du wirst doch nett zu ihr sein? Ich bitte dich sehr, denn wenn es überhaupt jemanden gibt, der uns aus diesem Schlamassel heraushelfen kann, dann ist sie es.»

Der Schlaf will sich nicht einstellen. Über dem Wald scheint sich ein kleines Gewitter anzubahnen. Von Zeit zu Zeit zucken stumme Blitze auf, und fern am Horizont poltert ein ständiges Donnern, das hier und da zu einem mächtigen Getöse anschwillt, bei dem Romulus jedesmal zusammenzuckt. Wo mag sich Monsieur Louis verstekken? Kaum vorzustellen, daß jemand wie er einfach nur auf Reisen ist in einem Augenblick, wo sein Firmenimperium einzustürzen droht!

Bei nüchterner Betrachtung der Dinge ist wahrscheinlich Romulus die Ursache aller Probleme, denn sein unvorhergesehenes Erscheinen in Châtel hat aus dem Tod von Langlois einen mysteriösen Fall gemacht. Man wird immer wieder auf denselben Punkt zurückkommen: Warum hat man den Hund verschwinden lassen? Könnte dieser Hund vielleicht Licht auf die Affäre werfen, wenn man seiner habhaft würde?... Nun, und jetzt war man nahe daran, ihn endlich zu finden! Das hatte Patricia genau verstanden, und sicher hatte sie genau dieser Punkt veranlaßt, ihre Pläne zu ändern.

Das Gewitter ist weitergezogen, während G's Gedanken immer träger fließen und sich allmählich zu einem zähen Brei unzusammenhängender Bilder verformen und sich sein Atem mehr und mehr dem Rhythmus seines Hundes anpaßt.

Sie erwachen von einem strahlenden Sonnenschein, einem fröhlichen, funkelnden Licht, das zu singen scheint. Als sie aufstehen, wissen sie beide, daß dies Patricias Tag sein wird, und daß sie das Haus für ihre Ankunft richten müssen. «Ich werde nach der Messe da sein»... Was mochte das heißen? G weiß über kirchliche Bräuche nicht besonders gut Bescheid. Dann hört er die Glocken läuten, in Guenrouet. Er horcht auch hinaus auf die Geräusche von der Straße. Monsieur Louis mag sich noch soviel Mühe geben – G wird ihn hören, wenn er sich nähert. Andrerseits, warum sollte Monsieur Louis ausgerechnet heute morgen erscheinen? Und selbst wenn, wie sollte er denn ahnen, daß ausgerechnet dieser kleine Hof den Mann beherbergte, der sich ihm in den Weg gestellt hatte? Wirklich zu dumm, dieser Vorfall da draußen bei den Holzfällern! Und die Untersuchung... noch etwas, wonach er Patricia unbedingt fragen mußte.

«Du bist doch eigentlich ein Polizeihund», sagt G zu Romulus, der ihm auf Schritt und Tritt folgt, «du könntest die ganzen Probleme, über die ich mir den Kopf zerbreche, mit deiner Nase lösen. Für dich gibt es keine Geheimnisse, für dich gibt es nur Gerüche, du Glückspilz! Ah, hör mal, da kommt ein Auto! Komm her, damit ich dich an die Leine nehme, und wenn du sie beschnupperst, dann zieh bitte nicht so ein angewidertes Gesicht! Wir werden sie noch brauchen.»

Seite an Seite stehen sie wartend auf der Türschwelle. Ein graues Auto, noch ganz neu, aber nicht besonders auffällig, fährt vor, und Patricia steigt aus. Sie trägt schwarze, ein wenig zu prall sitzende lange Hosen und einen grauen Pullover, dezenteres Make-up und nicht allzuviel Schmuck. Offenbar möchte sie nicht auffallen.

«Steh nicht so da rum!» ruft sie. «Laß uns reingehen.»

G zögert noch, schaut sich prüfend um.

«Bist du sicher, daß er dir nicht gefolgt ist?»

«Wer?»

«Monsieur Louis.»

«Nun hör mir mal zu: Du wirst uns jetzt gefälligst verschonen mit deinem Monsieur Louis. Keine Angst, ich hab ihn nicht in meinem Gepäck versteckt!»

«Wieso Gepäck?»

«Hast du's denn immer noch nicht begriffen? Wir reisen ab, mein Guter! Los, pack deine Sachen, ich werd dir inzwischen alles erklären.»

12

Sie überläßt G ihren Koffer. Ihre Umhängetasche, ein sehr edles Stück Leder, will sie unbedingt selbst tragen. Schnurstracks steuert sie auf das Wohnzimmer zu, läßt sich schwer in einen Sessel fallen und fächelt sich mit der Hand Luft zu.

«Du hast nicht zufällig etwas zu trinken?» will sie wissen. «Ich fühle mich völlig ausgedörrt... Ist nicht übel hier bei dir. Schade drum.»

«Wieso schade?»

«Nun, schade, daß du von hier weg mußt. Ich bin nämlich hier, um dich abzuholen, wenn du's genau wissen willst... Bitte, einen kleinen Whisky, wenn's geht...»

«Hat er dich geschickt?»

Sie schüttelt sich vor Lachen, daß alles an ihr wackelt, Busen, Bauch und Goldzähne.

«Du bist wirklich unbezahlbar, mein kleiner Georges! Hast du denn noch immer nicht begriffen? Dein Monsieur Louis... das bin ich!»

«Also, hör mal», protestiert G, «wenn du dich über mich lustig machen willst, kannst du...»

Sie unterbricht ihn, hebt ihr Glas und bringt einen Toast aus:

«Auf den verstorbenen Monsieur Louis! Ich kann dir versichern, es ist nicht schade um ihn! Na los, stoß mit mir an und hör auf, dich verrückt zu machen. Er ist nicht nur tot, das Beste ist, daß du ihn getötet hast! Weißt du noch?... Auteuil? Mallory?... Du hast ihn abgeknallt aus zweihundert Metern Entfernung. Ein Meisterschuß!»

G sucht nach einem Halt, tastet nach einer Tischecke.

«Monsieur ließ die Pferdchen laufen», fährt Patricia hämisch fort, «Monsieur spielte den großen Herrn... Aber nicht mit mir, Mylord! Ach, du glaubst mir nicht? Natürlich! Na schön, dann stopf dir deine verdammte Pfeife und hör dir an, was ich dir zu erzählen habe.»

Sie blickt auf ihre winzige Armbanduhr und erklärt:

«Wir sollten uns beeilen. Wir müssen noch vor Mitternacht in Nizza sein. Und sag doch bitte deinem Hund, er soll aufhören, nach seinen Flöhen zu kratzen...»

Sie gibt G einen freundschaftlichen Klaps aufs Knie und sagt plötzlich ganz sanft und anschmiegsam:

«Sei nicht böse, mein Süßer. Natürlich hat er keine Flöhe...»

Ein kurzes Schweigen. Sie genießt ihren Whisky. Dann fährt sie mit etwas leiserer Stimme fort.

«Wenn du gestattest, werd ich es kurz machen, weil diese ganzen alten Geschichten...» mit einer schnellen Bewegung bekreuzigt sie sich «...die sind nicht alle so schrecklich sauber und herzeigbar. Als du mich damals kennengelernt hast, machte ich gerade eine radikale Veränderung durch... vom einfachen Flittchen zum Callgirl, und der Rubel fing eben an zu rollen! In einem solchen Moment darf man sich von niemandem aufhalten lassen und kann keinen Klotz am Bein mitschleppen... Und du, mein kleiner Georges, du warst für mich ein Klotz am Bein. Ich mochte dich ganz gern, weißt du, ich mag dich sogar heute noch, denn wenn ich nicht etwas für dich übrig hätte, wäre ich bestimmt nicht hier. Aber gut... Also, ich habe mich davongemacht und mich mit ein paar anderen gewitzten Mädels zusammengetan... etwa so, wie das heute auch die Ärzte tun, wenn sie sich zu mehreren Spezialisten zusammenschließen, um die

Allgemeinkosten zu senken. Und ich war eben die erste, die das mit anderen Frauen gemacht hat, mit gewissen Mannequins, die das Ziel hatten, endlich auch einmal am Ball zu sein. Binnen weniger Monate hatten wir einen ausgewählten Kundenstamm, zu dem die einflußreichsten und vermögendsten Leute gehörten, und insofern kannst du dir wohl vorstellen, daß wir bald die Neider auf uns zogen. Es gelang mir, ein paar anstellige und entschlossene Beschützer zu finden, die uns von diesen lästigen Leuten befreiten, und auf diese Weise ist Monsieur Louis zu meinem Partner geworden. Angefangen hat er als eine Art freier Mitarbeiter – wenn du weißt, was ich damit sagen will –, bis er zu meinem engsten Vertrauten wurde, mit eigenem Büro, Sekretärinnen, Chauffeur und dem ganzen Drum und Dran... So entstand die Import/Export-Gesellschaft. Wir hatten unsere Direktoren, alles Strohmänner, um nach außen den Schein zu wahren, aber in Wirklichkeit hatte nur ich das Kommando. Bis ich eines Tages dahinterkam, daß er gewisse Geschäfte auf eigene Rechnung betrieb, ohne mir etwas davon zu sagen. Ich habe nicht einen Moment gezögert, um das sofort zu unterbinden und mich seiner zu entledigen, und dabei kam ich spontan auf dich, mein armer Georges... Hättest du vielleicht noch einen kleinen Tropfen? Macht einem richtig die Kehle trocken, diese Erinnerungen... Ja, warum ich auf dich gekommen bin? Willst du das wirklich wissen?... Weil du nicht so warst wie die anderen, die ich kannte. Du kannst dir denken, daß ich dich im Auge behalten habe in der Zeit, in der du für uns gearbeitet hast, ohne zu wissen, wer wir sind. Und ich hatte eine Schwäche für dich. Nicht wegen unserer alten Beziehungen, sondern weil du ein richtiger Künstler warst, dem das Leben nie eine echte Chance gegeben hatte. Muß ich noch mehr sagen?»

«Ja, ich bitte dich.»

«Die Sache mit Auteuil habe ich allein auf die Beine gestellt. Niemand hat es gewußt, und niemand hat je erfahren, daß Monsieur Louis von der Bildfläche verschwunden war. Keiner wußte bei uns vom anderen, es war wie in einem richtigen Geheimdienst.»

«Aber... die Stimmen am Telefon?» fragt G, den es ärgert, von dieser Frau manipuliert worden zu sein. «Wenn ich mit Monsieur Louis ein paar Worte wechselte, war immer dieselbe Stimme am Apparat.»

«Richtig. Meine Stimme – die männliche Version. Hör sie dir an.»

Mit einer Stimme, die Romulus erschrocken auffahren läßt, spricht sie weiter:

«Da, das ist meine Männerstimme! Erkennst du sie?»

Noch ganz unter dem Schock der neuen Erkenntnis klopft G seine Pfeife am Stiefelabsatz aus, um sich den Anschein von Haltung zu geben. Aber er will diese Demütigung bis zum Ende durchstehen.

«Und Langlois?» fragt er leise. «Kam das auch von dir?»

«Es mußte sein! Louis hatte eine Art politischer Zweigstelle geschaffen, um der mächtigste Waffenhändler aller Zeiten zu werden. Aber wohlgemerkt, ohne mein Wissen, denn meine Spezialität war seit jeher das Fach Erpressung, und die Erträge daraus flossen in eine gemeinsame Kasse, zumindest soweit ich weiß und bis zu dem Tag, an dem ich kapierte, daß Louis mich ausbooten wollte. Ich war schneller als er und mußte dann seine Nachfolge antreten, denn unsere Geschäfte ließen sich nicht mit einem Schlag stoppen. Es waren gewisse Absprachen und Verpflichtungen zu erfüllen.»

G hebt abwehrend die Hand.

«Hör auf! Sag mir bloß nicht, daß du auch dieses Attentat auf den Minister von Burundi veranlaßt hast! Diese Bombe – einfach grauenhaft!»

«Ja», gesteht sie, «ich weiß.»

G kann nicht länger an sich halten. In einer plötzlichen Aufwallung von Zorn schreit er sie an:

«Nein, du weißt es nicht! Aber ich, ich war dabei! Ich bereitete mich gerade auf die Abreise nach Châtel vor, und diese Wahnsinnstat, dieser Mord an einem unschuldigen Hund, hat mich dermaßen aus der Fassung gebracht, daß meine Reflexe nicht mehr funktioniert haben. Und wenn ich Romulus verletzt habe, dann war das deine Schuld! Und die Folgen ebenfalls! Der Hund, Langlois, die Pleite seiner Firma, die krummen Geschäfte in Bayonne und von da immer weiter bis hin zum Skandal um die Sägewerke von Morbihan...»

«Das reicht jetzt!» schneidet ihm Patricia in ihrem Kommandoton das Wort ab. «Schluß damit! Eben weil jetzt alles zusammenbricht, bin ich hier, um dich zu holen!»

Der Ton der Diskussion hat sich eindeutig verschärft. Romulus wird unruhig. Aber Patricia wechselt bereits wieder die Stimme, schlüpft mühelos erneut in eine andere Rolle.

«Jetzt, wo es dank der langfristig herbeigeführten Übernahmeangebote möglich ist, ohne weiteres Risiko die gleichen Ergebnisse zu erzielen wie aus den Erpressungsgeschäften, sehe ich wirklich keinen Grund, so weiterzumachen wie bisher. Also habe ich mich bei allen meinen Mitarbeitern bedankt – allzu viele waren es ohnehin nicht, ein paar Schreibkräfte und ein paar freie Mitarbeiter, alles Leute ohne Bedeutung, die eine gute Abfindung bekommen haben und damit von der Bildfläche verschwinden werden, ohne irgendwelche Spuren zu hinterlassen. Behalten hab ich nur einen Anwalt, der sich in allen Methoden der Organisation bestens auskennt, und ein im Metier gealtertes Callgirl, das sich um die Mädchen kümmern wird, so daß ich – wenn ich dazu Lust habe – jederzeit woanders wieder neu anfangen kann... Weißt du, woran Louis gescheitert ist, das war sein Größenwahn, mit einem Personal, das ihn übers Ohr gehauen hat, und einem Lebensstil, der früher oder später das Finanzamt aufmerksam machen mußte... Außerdem hat er zu hastig und zu schlampig gearbeitet, und in unserer Branche kann man sich Improvisation nicht leisten. Er brauchte saftige Gewinne, und zwar sofort, und deshalb erlaubte er seinen Leuten, zum großen Schlag gegen mich auszuholen. Ich mußte auf das Schlimmste gefaßt sein, und als du dich mit mir in Nantes getroffen hast, dachte ich, du wärst gekommen, um mit mir abzurechnen, denn schließlich hatte Louis viele Mitwisser, die nur darauf warteten, seine Nachfolge anzutreten. Ach, mein kleiner Georges, es macht mich ganz krank, wenn ich daran denke... und daß ich ausgerechnet dich mit einem Revolver unter dem Kopfkissen empfangen habe!»

Sie steckt die Hand unter ihren Pullover und fördert wieder ihre kleine Automatik zutage.

«Da, nimm ihn.»

Sie legt den Revolver vor G auf den Tisch und sagt achselzuckend:

«Und so weiter, und so weiter, blabla... Ich könnte dir bis morgen früh davon erzählen, aber ich hab die Nase voll von dem Ganzen. Entweder gehe ich in den Ruhestand, zu Freunden in Mailand – oder wir beide bauen zusammen etwas auf, aber diesmal etwas ganz Seriöses. Mach meinen Koffer einmal auf... Na los, mach ihn auf!»

G zerrt ungeschickt an den Schlössern, während Romulus ihm, fleißig schnuppernd, dabei assistiert. Endlich springt der Koffer auf. Wie erstarrt schaut G auf den Inhalt.

«Hast du eine Ahnung, wieviel das ist, da drin?» fragt Patricia. «Es sind zehn Millionen, das sollte reichen für einen Neuanfang... Und später fahren wir nach Genf und besorgen uns noch mehr von meinem Nummernkonto. Na, was sagst du dazu?»

Sie steht auf, zündet sich eine Zigarette an und zieht an ihrer Hose, die sie zu beengen scheint.

«Ich möchte...» beginnt er.

Sie bläst ihm eine Wolke von Zigarettenqualm ins Gesicht und schimpft:

«Nein! Ich hab die Nase voll von irgendwelchen Einwänden! Du kannst dir doch wohl vorstellen, daß ich an alles gedacht habe. Also, sperr dein Haus gut ab und laß es einstweilen vermieten... Und dann machen wir uns aus dem Staub, wir beide.»

«Wir drei!» sagt G ganz ruhig.

«Was heißt das: wir drei?»

«Daß wir ihn mitnehmen.»

«Aber nie im Leben! Ein Vieh, das uns soviel Scherereien gemacht hat!»

Wütend marschiert sie im Wohnzimmer auf und ab. Romulus ist beunruhigt und läßt sie nicht aus den Augen.

«Entweder mit uns beiden oder gar nicht!» stellt G abschließend fest.

«Also wirklich, ihr zwei geht mir allmählich auf den Geist!» antwortet sie wieder in ihrem autoritären Ton. Romulus kann eben noch ein kurzes Bellen unterdrücken.

«Also, dann lassen wir's eben bleiben», sagt G. «Ich bin es leid, darüber zu diskutieren.»

«Du brauchst einfach jemanden, der dir wieder sagt, wo's langgeht.»

«Nun reicht's aber!»

Patricia hat es geschafft, G aus der Reserve zu locken, und diesmal nimmt Romulus sehr eindeutig Stellung. Er knurrt sie an.

«Er soll es bloß wagen, mich anzufallen!» höhnt Patricia, greift ihren Revolver und zielt auf den Hund.

«Vorsicht!» schreit G.

Zu spät. Romulus hat sich bereits auf Patricia gestürzt. Sie schießt, der Hund heult auf und bricht zusammen. Jetzt stürzt sich G auf Patricia. Ein kurzes Handgemenge. Wieder fällt ein Schuß, und diesmal sinkt Patricia zusammen. Völlig außer sich starrt G auf seine Hand, in der er die noch rauchende Waffe hält, dann auf die beiden Körper, die am Boden liegen. Er weiß nicht, wohin er sich zuerst wenden soll.

«Es ist aus mit mir», flüstert Patricia, «hol mir einen Priester.»

Ein Priester! G ist empört und kurz davor, sie anzubrüllen: «Du, einen Priester? Mach keine Witze!» Dann erinnert er sich, daß Patricia ihre frommen Gewohnheiten nie ganz abgelegt hat. Nun gut, er wird in Guenrouet anrufen und einen Priester kommen lassen... aber nicht sofort. Erst muß er sich um Romulus kümmern. Er holt den Verbandskasten, kniet sich neben das Tier. Ein plötzliches Gefühl von Ohnmacht überkommt ihn. Der Hund ist verloren, das ist offensichtlich. Er atmet noch, aber nur mit Mühe und ohne zu klagen. Aus weitgeöffneten Augen schaut er seinen Meister an, und sein Blick beginnt sich bereits zu trüben. G streicht ihm über die Stirn, über die Wangen und spricht zu seinem Tier, damit es die geliebte Stimme hören kann, bis zum Ende...

«Mein Hund... mein guter Hund... ich schäme mich nicht, nein... da, ich halte deine Pfote... du hast Schmerzen, nicht wahr? Aber ich auch, mir tut es genauso weh. Ich bin tot, ja... da, jetzt ist es zu Ende. Adieu, mein Romulus...»

Noch nie hat er einem Toten die Augen zugedrückt. Es ist nicht leicht, er muß es mehrmals wiederholen, denn die Lider wollen sich immer wieder öffnen. Dahinter glänzen die Pupillen in einem letzten warmen Strahlen. G muß beten, muß ganz leise sagen: «Laß nur, mein Hund, laß mich machen. Schlaf, schlaf ein und vergiß. Gut so, mein Hund, mein Freund...»

Patricia stöhnt noch immer. Am liebsten würde er sie anschnauzen: Ein Priester? Du kannst mich mal mit deinem Priester!

Doch dann steht er auf und ruft die Sakristei an, ganz heiser von zurückgehlatenen Tränen:

«Hallo?... Es geht um eine Beichte... Ja, die Person ist in Lebensgefahr... Der kleine Hof kurz vor dem Forstweg... Genau... Ich werde auf Sie warten...»

Was muß er als nächstes tun? Ja, er muß Romulus auf seine Decke legen... Als er ihn hochhebt, wird ihm erst so recht bewußt, wir endgültig nun alles geworden ist. Der Kopf hängt herab, die Pfoten pendeln, der ganze Körper ist nur noch eine leblose, schlaffe Masse. Er legt den toten Hund auf seiner Decke zurecht, daß es aussieht, als ob er schlafe, die Ohren umgeklappt, den Schwanz ordentlich angelegt, die Brust gesäubert. Ja, so geht es. Er scheint zu schlafen.

Und nun zu ihr, die schuld ist, daß alles so kommen mußte. Sie ruft ihn. Sie flüstert: «Verzeih!» Es wird auch Zeit! G sieht auf sie herab, wie sie daliegt, zusammengesunken, verkrümmt, lächerlich mit ihren Brillanten im Ohr und dem goldenen Kreuz auf der Brustfalte. All das Böse, das sie angerichtet hat, und jetzt wird ein Priester kommen und ihr die Absolution erteilen! Das ist wirklich zu einfach! Während Romulus, der die Unschuld selbst war... Ob man Tieren auch die Absolution erteilte? Wie machte man das, damals im Zirkus? Er hat es vergessen. Und doch, Gott weiß, wie man sie geliebt hat, diese Tiere! Alle waren dabei, wenn man sie im Geleitzug zur Grube brachte, und das war gut so. Aber trotzdem nicht genug...

Draußen ertönt das Stottern eines Mopeds. Da ist schon der Priester, ein bärtiger junger Kerl in ausgewaschenen Jeans und einem auf der Schulter geknöpften Strickhemd. Ein Unfall also? Ja, das kennt er, man reinigt einen Revolver, und schon geht ein Schuß los... «Helfen Sie mir», sagt er, und gemeinsam richten sie die Sterbende ein wenig auf. Sie versucht, etwas zu sagen, und der kleine Priester neigt sein Ohr auf ihren Mund. «Etwas lauter», sagt er, aber die Worte sind kaum zu verstehen. Noch einmal versucht er, sie zu Bewußtsein zu bringen, dann steht er auf. Das Geständnis so vieler schrecklicher Taten wird ihm erspart bleiben. Ein Knie auf den Boden gesetzt, murmelt er rasch seine Satze herunter, von Zeit zu Zcit das Kreuzzeichen beschreibend, dann wirft er einen Blick auf seine Armbanduhr und sagt entschuldigend:

«Ich habe mehrere Gemeinden zu versorgen...»

G hält ihn noch einen Moment zurück. «Da ist noch jemand, nebenan», sagt er.

Der kleine Priester wirkt etwas erstaunt, zeigt sich aber bereit, G nach nebenan zu begleiten. Verblüfft bleibt er stehen, als er den Leichnam des Hundes sieht.

«Ach, ich sehe schon», sagt er, «ein Hund...»

«Nein, nicht *ein* Hund», korrigiert G. «Es ist *mein* Hund, und ich glaube, er hat auch das Recht auf ein Gebet.»

«Daran ist nicht zu denken», ereifert sich der Priester. «Man betet nicht für Tiere.»

«Warum nicht?»

«Nun, weil sie keine Seele haben.»

«Woher wollen Sie das wissen?»

«Das ist jetzt nicht der richtige Augenblick für solche Diskussionen», protestiert der Priester. «Ich kann Ihren Kummer begreifen, aber für Sie müßte man beten, mein armer Freund. Ich kann nichts für ihn tun, ich muß mich an meine Regeln halten.»

Die beiden Männer messen sich mit den Blicken. Schließlich fügt sich G mit den Worten:

«Was mich betrifft, Herr Pfarrer, so kann ich Ihnen versichern, daß mein Hund eine Seele gehabt hat, und deshalb kann ich Sie nur bedauern...»

Stumm geleitet er den Geistlichen bis zur Straße, dann kehrt er zurück ins Haus. Er erkennt sich selbst nicht wieder, fühlt sich schwach und muß sich festhalten an den Möbeln. Mit letzter Kraft wählt er die Nummer der Polizei und gibt seine Adresse an.

«Es handelt sich um jemanden, der gleich sterben wird», sagt er.

Er legt den Hörer wieder auf, hebt die Automatik vom Boden und geht hinüber in die Küche zu seinem Hund. Dann kniet er nieder vor dem Tier, streichelt es noch einmal und legt seine Stirn auf den noch warmen Körper.

«Niemand hat dich haben wollen», sagt er, «genau wie mich... Aber wir haben uns gefunden und uns füreinander entschieden, du und ich. Und deshalb kommt es nicht in Frage, daß ich dich verlasse. Wo du hingehst, da ist auch mein Platz. Weil ich dich liebe... Also, wart auf mich, mein Romulus, ich komme gleich...»

Er sucht die richtige Stelle auf seiner Brust und drückt ab. Und sein Blut vermischt sich mit dem seines Hundes.

Boileau/Narcejac

Mensch auf Raten (2115)

Werthers zweiter Selbstmord (2666)

Ohne Spuren (2696)

Die trauernden Witwer (2707)

Aus dem Reich der Toten (2716)

Der Tod erlaub kein Double (2760)

Die Karten liegen falsch (2786)

Schußfahrt (2794)

Appartement für einen Selbstmörder (2839)

Mr. Hyde (2864)

In inniger Feindschaft (2913)

Das Geheimnis der gelber Geparden/ Schnitzeljagd/Katenkamp und der tote Briefträger (2887)

Das Leben im Alptraum/Ein Rotschopf wird gekidnappt/Die Frau hinter der Maske (2721)

THRILLER rororo

C 302/27

Fred Breinersdorfer

Reiche Kunden killt man nicht
(2517)

Das kurze Leben des K. Rusinski
(2538)

Frohes Fest, Lucie
(2562)

Noch Zweifel, Herr Verteidiger?
(2621)

Das Netz hat manchmal weite Maschen
(2642)

Der Dienstagmann
(2685)

Notwehr
(2750)

Schlemihl und die Narren
(2792)

thriller rororo

C 1098/5

Colin Dexter

Hüte dich vor Maskeraden
(2805)

Eine Messe für all die Toten
(2764)

Der letzte Bus nach Woodstock
(2718)

. . . wurde sie zuletzt gesehen
(2726)

Die schweigende Welt des Nicholas Quinn
(2748)

Die Toten von Jericho
(2782)

Das Rätsel der dritten Meile
(2806)

thriller rororo

C 2348/1

Felix Huby

Der Atomkrieg in Weihersbronn
(2411)

Tod im Tauerntunnel
(2422)

Ach wie gut, daß niemand weiß . . .
(2446)

Sein letzter Wille
(2499)

Schade, daß er tot ist
(2584)

Bienzle stochert im Nebel
(2638)

Bienzle und die schöne Lau
(2705)

Bienzle und das Narrenspiel
(2872)

Bienzles Mann im Untergrund
(2768)

thriller rororo

C 1095/7